ACTES NOIRS
série dirigée par Marc de Gouvenain

UN TUEUR A MUNICH

DU MÊME AUTEUR

LA FERME DU CRIME, Actes Sud, 2008 ; Babel noir n° 25, 2009.

Titre original :
Kalteis
© Edition Nautilus, Hambourg, 2007

© ACTES SUD, 2009
pour la traduction française
ISBN 978-2-7427-8260-4

ANDREA MARIA SCHENKEL

Un tueur à Munich

JOSEF KALTEIS

roman traduit de l'allemand par Stéphanie Lux

ACTES SUD

Note relative à l'issue du procès de Josef Kalteis.
Classée secret d'Etat.

Le condamné ne saurait être grâcié. La sentence sera exécutée sans délai à la prison de Stadelheim. On évitera toute annonce publique.

Motif : de nombreux crimes de ce genre ont été enregistrés depuis le début des années 1930. Ils n'ont pu proliférer que sur le sol putride de la république de Weimar. La démocratie est une tumeur, un foyer d'éléments asociaux. Mais que ces crimes soient toujours aussi présents depuis l'accession au pouvoir, maintenant nos honnêtes *Volksgenossen* dans l'inquiétude et l'insécurité, voilà qui est inacceptable. Le peuple allemand est sain et doit le rester. Il s'agit donc d'éliminer les éléments nocifs comme celui-ci. Il est intolérable que cet élément asocial ait pu sévir pendant des années dans l'Ouest de Munich et qu'il souille cette ville qui est le berceau du mouvement, et qui est si chère au cœur de notre Führer bien-aimé.

Le coupable étant *Volksdeutscher*, aryen et de surcroît membre du NSDAP, la sentence sera exécutée immédiatement et dans la discrétion la plus absolue.

On ne fera aucune annonce dans les journaux du peuple allemand, ni dans le *Völkischer Beobachter*. Tous les rapports concernant cette affaire, aussi bien oraux qu'écrits, sont strictement confidentiels. Il s'agit d'empêcher tout ce qui pourrait nuire à la réputation du parti et du mouvement national-socialiste. Le recours en grâce est rejeté. La sentence ne saurait être transmuée en peine de prison ou mesure de rééducation au KL Dachau.

Heil Hitler !

Munich, le 29 octobre 1939

Signé ...

*

Il est assis sur son lit, la tête dans ses mains. Les yeux ouverts, fermés ? Il n'en sait rien. La pièce baigne dans la lumière blafarde de la cour que laisse entrer la petite fenêtre grillagée.

Il est assis là depuis des heures. Toujours dans la même position, les mains jointes comme pour prier, le visage à moitié enfoui dedans, les coudes appuyés sur les cuisses, immobile. Le temps s'écoule. Il a l'impression qu'il lui file entre les doigts, qu'il coule le long de ses bras et de ses jambes jusqu'au sol. Constant. Inexorable. Malgré cette lenteur, il ne se souvient de rien. Le jour, la nuit, les heures, les minutes... Tout se confond dans cette lumière blafarde, dans cette grisaille infinie, comme si lui aussi s'était dissous, comme si sa vie était déjà écoulée.

Rien, il ne reste rien que cette pièce infinie qui ne contient rien, que du vide.

La peur elle-même a quitté sa tête, son corps. La peur tangible hier encore. Qui remontait lentement le long de son dos, jusqu'à sa tête, centimètre par centimètre. Qui emprisonnait son corps, l'emprisonnait tout entier. Tapie au fond de lui, elle paralysait ses pensées et s'était emparée de la moindre cellule de son corps, de tout son être. Et pourtant, au cours de la nuit, elle avait cédé la place au vide. Elle n'avait pas pu résister, pas pu s'imposer face à ce vide qui l'emplit à présent.

A un moment, pendant la nuit, quelqu'un ouvre le judas de la porte de sa cellule. Il l'entend mais ne tourne pas la tête. A quoi bon ? Cela ne signifie plus rien. Rien n'a plus de signification. Rien du tout.

Lorsqu'à six heures, on allume la lumière dans sa cellule, il ne le remarque pas ; il est toujours enveloppé par la lumière blafarde et grise de la nuit. La tête toujours dans ses mains, il reste assis sur son lit. Avec le néant, avec le vide qui est pire que la peur.

Il est toujours dans la même position lorsque, vers sept heures moins dix, les deux hommes entrent dans sa cellule.

Ils s'adressent à lui en entrant, mais peu importe ce qu'ils disent, il ne le comprend pas. Les mots n'arrivent plus à pénétrer ce vide, ce néant qui l'entoure. Qui l'enveloppe, qui l'opresse.

Il ne réagit que lorsqu'il sent un contact, une main sur son épaule. Il sait qu'il est temps de se lever. Il se redresse lentement, avec des gestes mécaniques. Les deux hommes lui mettent les mains dans le dos et il sent le lien de métal qui enserre ses poignets.

Il lui faut quatre pas pour sortir de la pièce. Quatre pas. Il les compte.

Le prêtre de la prison l'attend déjà devant la porte de sa cellule.

Il ne saurait dire s'il marche devant ou derrière eux. Il ne se souvient pas non plus des mots du prêtre. Il l'a bien vu ouvrir la bouche pour parler. Et il se souvient de sons qui ont cherché à atteindre son oreille. Mais ils n'avaient aucun sens. Ils ne sont pas arrivés jusqu'à lui. N'ont pas réussi à franchir le mur de néant.

Il compte à nouveau les pas. Chacun d'entre eux, un, deux, trois, quatre… puis il entend l'autre bruit. Celui qui vient s'ajouter au bruit des pas et qui se fraie lentement un chemin dans sa conscience.

D'abord doucement, puis de plus en plus fort, jusqu'à emplir sa tête. C'est la cloche de la prison qui annonce son dernier déplacement. Elle sonne le glas. Et c'est ce son qui l'emplit maintenant, qui emplit tout son corps.

Il l'emplit comme auparavant le néant. Il sait que la cloche ne se taira qu'une fois qu'il ne sera plus en vie. Elle sera la dernière chose qu'il entendra puisqu'elle annonce à tous leur mort.

On le fait descendre dans la cour de la prison. Ils l'y attendent déjà. Le procureur, le médecin légiste et l'exécuteur avec ses acolytes.

Ce sont eux, habillés de noir, qui s'occupent de lui. Ils le prennent chacun par un bras. L'installent à plat ventre sur la planche à bascule. Il sent encore la forte pression des mains qui poussent la planche vers la guillotine.

L'exécuteur tire le cran d'arrêt. Le couperet tombe, séparant la tête du tronc.

*

Le corps, désormais propriété de l'Etat de Bavière, est remis à l'institut de médecine légale de Munich. La famille du condamné a renoncé à récupérer le corps et, partant, ne prend pas en charge les frais engagés. Les caisses de l'Etat de Bavière verseront à l'exécuteur Johann Reichard une rétribution de deux cent quarante-sept reichsmarks.

Durée de l'exécution, de l'arrivée du condamné dans la cour de la prison jusqu'à la mise en œuvre de la guillotine : dix-sept secondes.

SAMEDI

Kathie est dans le train de Munich. Elle s'est assise près de la fenêtre. Elle regarde dehors. Les gouttes de pluie s'abattent sur les vitres. Le vent les fait couler à l'horizontale. Elles rencontrent d'autres gouttes, les rejoignent, forment des filets d'eau. Elles se prennent dans le châssis et coulent en petits ruisseaux le long de la fenêtre. On distingue à peine le paysage derrière les vitres détrempées. Les prés verts, les champs moissonnés, les forêts, la pluie brouille tout.

Elle est perdue dans ses pensées. Elle est déjà loin du village, très loin, elle se voit déjà à Munich. Elles iront chez Mme Lederer. Elle et Maria. Chez Mme Lederer, la cousine de sa mère. Elle a promis, sa mère le lui a fait promettre quand elle est partie ce matin. Mais rester chez elle, ça non, pas question. Elle déposera juste ses affaires. Elle ne restera pas chez elle, la cousine la commanderait comme son père. Elle lui dirait ce qui est bien et ce qui est mal, elle déciderait de tout, de toute sa vie. Or elle veut être libre à Munich. Libre. Et sa promesse ? Elle n'est pas obligée

15

de la tenir, sa mère n'en saurait rien de toute façon, et puis, en la faisant, Kathie a croisé les doigts dans son dos. Sa mère n'a rien remarqué. Elle ne peut s'en prendre qu'à elle-même.

Il y a quelques années, quand elle était petite, Kathie allait parfois à Munich avec sa mère. Pas souvent. Elle n'avait que rarement le droit de l'accompagner. Et il fallait qu'elle soit sage. Sage dans le train, où elle était assise près de la fenêtre, sage quand elle marchait dans la grande ville en donnant la main à sa mère. Sage en attendant que sa mère ait fini de faire ses achats. La petite Kathie attendait, assise sur une chaise bien trop haute, ses petites jambes se balançant dans le vide, que sa mère ait enfin terminé et qu'elle ait droit à une "sucrerie de la ville". Un escargot ou quelques sucres d'orge pour la récompenser d'avoir été si gentille.

Sa mère achetait des étoffes et toutes sortes de choses. Qu'elle revendait ensuite aux gens dans les villages. Elle fait du porte-à-porte. Tous les beaux objets étaient rangés dans de grandes sacoches et dans un sac à dos. C'étaient des choses de la ville, qu'on ne trouvait pas, ou difficilement, à la campagne. Des boutons, des étoffes, des soies à coudre, du fil. Sa mère avait aussi quelques ustensiles de cuisine. Des peignes et des rubans. On pouvait certes trouver ce genre d'articles chez l'épicier, mais la boutique était trop loin pour certains, et avec "celle de Wolnzach", comme on appelait sa mère, on pouvait passer commande et elle rapportait ce qu'on voulait de la ville.

Kathie adorait fouiller dans les sacs emplis de belles choses, les boutons de toutes les couleurs, les rubans, les peignes. Sa mère n'aimait pas ça, "ils sont à vendre". Mais en cachette, la petite Kathie ouvrait souvent les boîtes de boutons. Elle contemplait les trésors que sa mère rapportait de ses voyages à Munich.

Des boutons multicolores, des boutons blancs en nacre, des boutons chamarrés en bakélite. Elle en avait vraiment de toutes les couleurs, rouge, bleu, vert. Même des argentés. Des boutons argentés qui scintillaient au soleil. Certains ressemblaient à des pièces de monnaie, d'autres à de petits miroirs. Elle pouvait contempler tout cela pendant des heures. Les boutons, les soies à coudre. Car sa mère n'achetait pas seulement du fil retors, non, elle achetait aussi des soies à coudre, qui étaient très chères. Dans tous les coloris. Assortis aux étoffes. Du fil à broder, en écheveaux multicolores, et les modèles pour les filles de paysans qui brodaient leur trousseau de mariage. Pour que le chariot de la mariée soit bien garni et que tout le monde voie ce que la jeune fille apportait dans son nouveau foyer.

Kathie faisait très attention à la façon dont sa mère avait organisé le contenu des sacs. Elle rangeait bien vite les boîtes quand elle l'entendait arriver. Elle remettait tout exactement à sa place. Sa mère ne devait pas remarquer qu'elle avait encore fouiné. Son cœur battait la chamade. Elle avait peur que sa mère ne l'entende, tant il battait fort dans sa poitrine.

Un jour, sa mère avait rapporté de Munich un col de perles. Une commande d'une de ses clientes. C'était la mode, on les cousait sur les vêtements. Celui-ci était en perles de verre blanches, grises et roses. Kathie avait pris le col dans ses mains. Elle avait senti la fraîcheur des perles, le poids du col entre ses doigts.

Elle n'avait pas pu résister. Elle avait mis le col autour de son cou et s'était contemplée dans le miroir. Elle avait l'air d'une petite dame, elle parlait à son reflet comme une "dame du monde" à une autre. Perdue dans son monologue, elle n'avait pas vu sa mère. Ne l'avait pas entendue entrer dans la pièce. Elle avait eu très peur en entendant sa voix.

"Si tu continues à te regarder comme ça dans le miroir, tu vas voir le diable.

— Comment ça, je verrai le diable dans le miroir ?" avait demandé Kathie.

— Continue à te regarder comme ça et tu verras. Tu seras pas la première à qui ça arrive. Et maintenant donne-moi ce col, c'est pas le tien, j'ai dû aller le chercher exprès à Munich. C'est une cliente qui me l'a demandé et s'il est sale, elle voudra plus me l'acheter."

Kathie avait rendu le col à contrecœur. Elle s'était juré qu'un jour elle aussi porterait un col comme ça, et d'autres encore. Elle ressemblerait aux actrices dans les films, celles qu'on voit sur les photographies des vitrines du cinéma.

Depuis ce jour-là, Kathie cherche le diable dans le miroir. Elle regarde dans tous les coins, peut-être qu'elle le verra quelque part ou qu'il regarde déjà par-dessus son épaule, Belzébuth. Mais elle ne l'a jamais vu.

Le diable, le diable, le diable, elle ne cesse de répéter ce mot dans sa tête, au rythme des roues du train. Le diable, le diable.

Maria, qui l'accompagne à Munich, est assise en face d'elle. Ses yeux sont fermés, le "tata-tatam" monotone du train lui a donné sommeil, et elle s'est endormie.

Kathie ne lui en veut pas, au contraire, elle est contente. Elle peut suivre le cours de ses pensées sans que Maria ne la dérange.

Elle peut rêver de la place qu'elle cherchera à Munich, de sa nouvelle vie. Elle ira chez Hofmann, elle leur a déjà envoyé une lettre en janvier. Mme Hofmann connaît Kathie. Puisque sa mère achète toujours ses étoffes dans la boutique de la Heysestraße. Et c'est là qu'elle emmenait Kathie, voir les étoffes, les boutons et les bobines de fil de toutes les couleurs. Il suffisait de tendre la main. Lorsqu'elle y repense, Kathie revoit cette bobine. Elle était rouge, et Kathie avait refermé sa main dessus. Elle ne voulait plus la lâcher. Personne n'avait rien remarqué. Un trésor enfoui dans un poing d'enfant. Dans la rue, elle avait montré la bobine à sa mère.

"Tu l'as volée, avait-elle dit à Kathie. Volée ! Je pourrai plus t'emmener avec moi si tu fais des bêtises pareilles."

Kathie avait dû rendre son trésor. Sa mère l'avait poussée devant elle pour retourner au magasin. Kathie en a encore honte aujourd'hui, mais Mme Hofmann ne l'avait pas grondée, elle s'était contentée de rire et avait dit : "Moi aussi, c'est les rouges que je préfère. N'en faites pas toute une histoire, Mme Hertl, ce n'est qu'une enfant."

Elle a écrit à la famille Hofmann pour leur demander s'ils ne pouvaient pas l'aider à trouver une place à Munich. Elle voulait trouver un emploi de bonne. Pour commencer. Chez un avocat ou un artiste ou une de ces riches familles munichoises. Elle était sûre que les Hofmann l'aideraient, ils connaissaient certainement des gens comme ça. Avec toutes ces dames qui viennent acheter chez eux. Elle les avait vues de ses propres yeux quand elle était à Munich avec sa mère pour acheter les étoffes. Les dames aux chapeaux et aux fourrures. Elles avaient toutes des chaussures à talons, les dames, et des bas de soie. Elle en voulait, elle aussi. Elle s'achèterait de belles chaussures et des bas de soie. Avec son premier salaire. Pour ressembler à une de ces dames de la ville.

Le train s'arrête en pleine voie. Kathie regarde dehors ; la pluie tombe toujours en grosses gouttes lourdes sur la vitre. Le train se remet lentement en marche. Maria dort à poings fermés, les secousses puis le départ du train ne la réveillent pas.

Elle aussi veut chercher une place à Munich, comme Kathie. Qui n'est pas ravie de la voir pendue à ses jupes. Mais elle arrivera bien à se débarrasser d'elle, elle en est sûre. Il est temps qu'elles arrivent. Kathie regarde à nouveau dehors, mais cette fois sa tête est vide. Elle suit juste des yeux les stries que dessinent les gouttes de pluie sur la vitre.

Maria se réveille tout de même juste avant Munich. Elles s'aident mutuellement à descendre leurs bagages du filet. Elles ont chacune une petite valise. Ce n'est pas beaucoup. Mais ces quelques affaires sont tout ce que Kathie possède. Pour ce voyage, elle a mis son beau manteau vert avec les gros boutons ton sur ton et la ceinture, et son petit chapeau bleu aux rubans clairs que d'ordinaire elle ne porte que le dimanche pour aller à l'église.

GERDA

Le 18 février, c'était le samedi du carnaval. Bal des employés de maison à l'auberge Sedlmayer. Y a toujours du monde. Tous les ans, la salle de bal est pleine à craquer. Les gens viennent de toute la région. Faut dire que c'est le grand événement de la saison. On peut pas manquer ça. Evidemment que j'y étais aussi, qu'est-ce que vous croyez ? J'ai passé toute la nuit à danser et à bavarder, et j'ai aussi flirté un peu, bien sûr. Avec Franz. Il avait une place à Aubing avant, mais maintenant il travaille à Munich, à l'usine.

Ce qu'il fait exactement ? Je peux pas vous dire, je sais pas. En tout cas il embrasse pas mal, ça c'est sûr. C'est pour ça que je suis rentrée si tard, ou plutôt si tôt.

Il m'a raccompagnée jusque devant ma porte, et puis il est allé à la gare. A pied.

Il était cinq heures du matin quand je suis entrée dans la cuisine. Comment je peux être aussi précise ? J'ai regardé la pendule qu'on a dans un coin de la pièce. Juste à côté du canapé.

Elle joue *Volk ans Gewehr* toutes les heures. Donc, au moment où j'ouvre la porte de la cuisine, il est cinq heures et la pendule m'envoie *Volk ans Gewehr* dans les oreilles. J'ai eu tellement peur que j'ai failli hurler. Mais j'ai réussi à me reprendre au dernier moment. Je voulais pas que ma mère se réveille et qu'elle voie que je rentrais seulement à la maison. J'avais pas envie.

Je suis allée au robinet pour me laver. L'eau était glacée. Ça m'a vraiment fait du bien. J'étais juste en train de me sécher le visage quand ma mère est entrée dans la pièce. Elle a rien dit, mais elle m'a quand même un peu regardée d'un drôle d'air.

"Tu veux un café avant d'aller au lit ? Ça te ferait certainement du bien !

— Oui, m'man, je veux bien.

— C'était vraiment la fête chez Sedlmayer, pour que tu rentres aussi tard ?

— Oui, c'était plein à craquer et c'était bien, comme d'habitude. Et j'ai vu Franz et il m'a raccompagnée.

— Aha, Franz… Il travaille à Munich maintenant, non ? Allez, ma fille, assieds-toi, je vais te faire un café et tu vas me raconter comment c'était !"

Alors je me suis installée sur le canapé et j'ai regardé ma mère faire le café. Quand elle a eu fini, elle est venue me rejoindre avec deux grandes tasses pleines. Elle s'est assise et elle a posé le café sur la table devant nous.

On est restées assises là à discuter. Du bal et de qui y était. Et puis je me suis sentie de plus en plus fatiguée. Je me suis appuyée contre ma mère et, comme j'arrêtais plus de bâiller, elle m'a dit : "Allez, c'est l'heure. Allonge-toi un peu. Aujourd'hui c'est dimanche, c'est ton jour de libre. T'es pas obligée de venir à l'église, pour une fois. Le bon Dieu t'en voudra pas."

Alors je me suis levée et je suis allée dans ma chambre. Je me suis assise sur le lit et, juste comme je voulais déboutonner ma veste, j'ai entendu ma mère qui m'appelait.

"Non mais regarde-moi voir ça. Il a dû s'en passer de bonnes chez Sedlmayer. Voilà que les amoureux se vautrent devant notre clôture, maintenant. Dans les plantes pleines de neige. Magda, viens voir. Regarde-moi ça."

J'ai rejoint ma mère dans la cuisine. Si j'avais pas vu ça de mes propres yeux, je l'aurais pas cru. Effectivement, juste devant notre clôture, y en avait deux couchés dans la neige.

"Ça alors ! Et ils ont pas froid ?"

Juste à ce moment-là, l'homme s'est levé. Il a reboutonné son manteau et regardé autour de lui. Et puis il est parti en direction d'Aubing.

La petite, elle est restée couchée un moment. Il était déjà parti quand elle s'est redressée avec peine dans la neige.

Je dis la petite car j'ai vu que c'était vraiment qu'une toute jeune fille. Elle s'est levée et elle est venue vers chez nous.

"Y a quelque chose qui cloche !" Ça se voyait que quelque chose tournait pas rond.

J'ai reboutonné ma veste en vitesse, enfilé mes pantoufles et mon manteau. Et puis je suis sortie, je voulais voir ce qu'il y avait. La pauvre se jetait déjà dans mes bras. Elle était toute bouleversée. Quand je lui ai enlevé les cheveux qu'elle avait dans les yeux pour voir son visage, j'ai reconnu la petite Gerda, qui vit chez les Meier.

Je lui ai juste dit : "Gerda, qu'est-ce qui s'est passé ? Qu'est-ce que t'as fait ?"

Elle s'est mise à pleurer.

"Il m'a prise par le cou. Il m'a prise par le cou, il a relevé ma jupe et m'a enlevé ma culotte."

Je comprenais à peine ce qu'elle disait. Elle sanglotait. Elle n'arrêtait pas de répéter "il m'a prise par le cou… ma culotte… et il m'a poussée dans la neige".

Ma mère, qui m'avait suivie hors de la maison, a pris la petite dans ses bras. Elle a serré la malheureuse contre elle.

"On dirait un petit oiseau", je me suis dit. Un petit oiseau ébouriffé qui vient d'échapper au chat de justesse. Voilà à quoi Gerda ressemblait quand ma mère l'a emmenée dans la maison. La tête et les épaules basses, secouée par les sanglots.

Ma mère la serrait fort dans ses bras, et elle lui a dit : "Viens au chaud. C'est fini. T'as pas besoin d'avoir honte. Viens. Raconte-moi tout."

Ça m'a rendue furieuse. Alors je suis montée sur mon vélo pour chercher le lascar. Je voulais pas qu'il s'en tire aussi facilement. Ça non ! J'avais pas peur, j'avais juste la rage au ventre. La rage. Alors j'ai enfourché mon vélo et je suis partie. Je voulais le suivre, je voulais pas qu'il s'échappe.

J'avais vu qu'il partait en direction d'Aubing. J'ai pédalé comme une folle.

En arrivant chez Zacherl, j'ai vu Mme Schreiber sur son vélo. J'ai encore accéléré. Je voulais la rattraper pour lui demander si elle avait vu mon homme.

"Non, personne est passé par ici. Je l'aurais vu, il a dû couper par les potagers."

Alors j'ai dit, non, j'ai crié à Mme Schreiber : "Il a agressé la petite Gerda !" J'ai hurlé cette phrase : "Ce salaud a agressé la petite Gerda !" tout en prenant le chemin des potagers.

J'ai pris l'allée entourée de haies qui mène aux jardins.

Le gars, je l'ai vu nulle part, mais j'ai remarqué un trou dans une clôture. Et en descendant de vélo, j'ai vu les traces de pas dans la neige.

Elles menaient au jardin.

J'étais debout à côté de mon vélo, je savais pas quoi faire. Je me demandais si je devais entrer moi aussi et laisser mon vélo dans la neige.

Heureusement, Mme Schreiber m'avait suivie. Elle faisait des grands gestes et elle m'a crié de l'attendre. Elle voulait pas me laisser y aller toute seule, c'est pour ça qu'elle avait fait demi-tour.

Elle a remarqué à son tour les traces dans la neige.

"Il est passé par là. Il a seulement pu entrer par la clôture. Le jardin, c'est celui de la vieille Glas. Elle est pas là en ce moment, elle est chez sa fille", elle a dit.

Alors, avec Mme Schreiber, on est entrées dans le jardin. On a laissé nos vélos dans la neige.

On l'a trouvé derrière la remise. Il nous tournait le dos. On aurait dit qu'il était en train de nettoyer son manteau, de le laver avec la neige.

Il nous a pas entendues venir, car quand Mme Schreiber lui a demandé ce qu'il faisait là il a sursauté et s'est retourné d'un bloc. Il nous a lancé un regard apeuré, mais il s'est tout de suite repris : il a bien vu qu'on n'était qu'à deux, et des femmes en plus.

"Rien, je fais rien du tout."

Il a essayé de nous bousculer. De nous pousser avec l'épaule pour passer. Mais il savait pas à qui il avait affaire avec Mme Schreiber. Elle l'a pas laissé faire. Elle était campée là, les mains sur les hanches, les pieds écartés. "Restez où vous êtes et dites-moi ce que vous faites ici ! elle lui a lancé d'un air méchant.

— Rien, je fais rien du tout !"

Il mesurait presque une tête de plus que Mme Schreiber. Il l'a poussée, elle est tombée à la renverse dans la neige et il est sorti du jardin.

Il s'est mis à courir, à courir comme s'il avait le diable aux trousses. Vers chez Schmied.

Je suis ressortie du jardin moi aussi. Je suis retournée à mon vélo, le plus vite que je pouvais, et je l'ai rattrapé devant chez Zeiler.

Il était à bout de souffle, il n'arrivait presque plus à courir. J'ai fait un bon bout de chemin à côté de lui sur mon vélo. J'avais pas peur, j'avais juste la rage, et elle grandissait avec chaque mètre.

Il m'a dit de disparaître. Qu'est-ce que je lui voulais, il avait rien fait. "Rien du tout ! Rien !"

Mais j'ai continué à le suivre sur mon vélo, je l'ai pas quitté des yeux. J'ai roulé un bon moment à côté de lui, presque au pas.

"Racontez pas d'âneries ! J'ai bien vu ce que vous avez fait. Faites demi-tour ! Venez avec moi à la police ! Ils vous auront de toute façon ! Alors faites pas de bêtises et venez avec moi."

J'étais moi-même étonnée de rester aussi calme. Intérieurement, je tremblais de rage, mais ma voix, elle est restée ferme.

"J'ai pas besoin de vous pour ça. J'irai à la police tout seul.

— Mais moi je veux venir avec vous. Je veux vous voir aller à la police. J'ai vu ce que vous avez fait à cette petite !

— Je sais très bien ce que j'ai fait. Laissez-moi tranquille ! Je sais très bien ce que je fais. Je vais à la police, vous inquiétez pas."

Au moment où il me disait ça, encore tout haletant à cause de l'effort, j'ai entendu Mme Schreiber appeler. Elle était encore assez loin mais elle arrivait avec son vélo.

Je me suis retournée et j'ai quitté l'homme des yeux pendant un moment. Il a tout de suite vu que je faisais pas attention. Il a fait un crochet, comme un lapin, et il s'est sauvé avant que je puisse réagir. Il est passé devant chez Schmied et a coupé par les champs en direction des jardins ouvriers. Il avait retrouvé ses jambes. Quant à moi, j'ai crié aussi fort que je pouvais.

"Restez où vous êtes ! Au secours, il va nous échapper !"

Je me suis tellement époumonnée que le vieux Schmied, alerté par le bruit, est sorti de chez lui. Qu'est-ce que j'avais à hurler comme ça ? Est-ce que j'étais devenue complètement folle ?

Et moi, j'ai crié : "Il s'est sauvé par là ! Rattrapez-le, il vient d'agresser une petite jeune ! Il faut le rattraper, pour l'amour de Dieu, il faut le rattraper ! On peut pas le laisser s'enfuir ! On peut pas le laisser s'enfuir !"

Le vieux Schmied, il a plus posé de questions, il a poursuivi le gars à travers champs.

Moi, j'étais plantée là à côté de mon vélo. En pantoufles, avec le manteau ouvert. J'avais si froid soudain, j'étais gelée et je tremblais comme une feuille.

Et j'avais peur aussi, vraiment peur. Je sais pas ce qui me faisait le plus trembler, de la peur ou du froid.

Il aurait très bien pu me faire tomber de mon vélo. Me faire tomber et m'assommer. S'il m'avait bien regardée, le gars aurait vu qu'il avait affaire à une demi-portion.

Munich, le 28 février 1939.
Interrogatoire de Josef Kalteis par
le premier procureur Dr. R.
Début de l'interrogatoire : 10 h 30.
Fin de l'interrogatoire : 15 h 30.

— Josef Kalteis, je suis né le 26.7.1906.
— A Aubing.
— Marié.
— Depuis le 31.12.1937.
— Le nom de ma femme ? Walburga, Walburga Pfafflinger.
— On a deux enfants. Deux garçons. Le premier a trois ans, le deuxième un an et demi.
— A Aubing. On habite Hauptstraße 2 à Aubing.
— Aux chemins de fer. Je travaille au triage pour les chemins de fer du Reich.
— J'ai appris le métier de mécanicien, mais ça fait quatre ans que je travaille aux chemins de fer.
— Il y a cinq ans, je travaillais encore comme mécanicien. Et puis mon entreprise m'a licencié, et c'est là que j'ai eu cette place aux chemins de fer. Mon père m'a aidé, il est cheminot lui aussi.
— Au triage, on travaille par roulement. Les horaires changent souvent, donc, normal quand on fait les trois-huit.

— Pourquoi vous me demandez ça tout d'un coup ? Comment ça, comment je m'entends avec ma femme ? On s'entend comme on s'entend, c'est tout. Comment vous voulez qu'on s'entende ? Parfois bien, parfois pas bien, c'est comme ça.

— Au début de notre mariage, on s'entendait pas très bien, mais ces derniers temps, ça va mieux. Mieux que jamais.

— Non, on s'est pas disputés samedi. C'est ce qu'elle a dit ?

— C'est vrai, ma femme voulait aller au cinéma. Mais après le générique, elle a voulu rentrer à la maison. Elle a dit que finalement, le film ne lui plaisait pas. Elle avait changé d'avis. Ça lui arrive souvent. Elle peut être très lunatique.

— A votre avis ? Je l'ai ramenée à la maison. Il devait être neuf heures et demie. Mais je suis pas resté avec elle. Je crois qu'elle est allée se coucher. En tout cas, elle a dit qu'elle était fatiguée. Mais c'était pas mon cas, et j'avais pas envie d'aller au lit tout de suite, alors j'ai remis mon manteau et je suis ressorti. Je voulais aller boire une bière chez Schmid. Au café Schmid.

— J'ai regardé les clients jouer aux cartes. A la table des habitués. J'ai bien dû boire trois brunes. Et puis j'ai rencontré un type que je connais, il pourrait vous confirmer ça.

— Son nom ? Je m'en souviens plus. Je le connais pas si bien que ça. C'est quelqu'un qu'on voit de temps en temps et avec qui on échange deux, trois phrases, sans plus. Je connais pas son nom de famille, je sais juste qu'il s'appelle Kurt. Mais Kurt comment, aucune idée. Faut demander ça au patron.

— *Avec Kurt, on est allés chez Huber. Au café Huber. Vers minuit. Oui, il devait bien être minuit. Là, je suis tombé sur Adler. Il était déjà là quand je suis arrivé.*

— *On travaille ensemble. On a continué à boire tous les trois.*

— *Quoi et combien ? Je sais plus vraiment. Sans doute encore deux ou trois blondes. Peut-être aussi quelques schnaps. Adler, il voulait aller chez Sedlmayer. Il voulait absolument y aller. Il nous a raconté que c'est toujours la fête là-bas. Qu'il y avait des sacrées filles. Et qu'elles étaient déchaînées. Alors vers une heure, on y est allés.*

— *Il avait raison, Adler. Chez Sedlmayer, la soirée faisait que commencer. J'ai dû boire une dizaine de schnaps et quelques bières, trois ou quatre. Quand l'ambiance est bonne, pourquoi pas ? Combien exactement ? Je m'en souviens plus. C'est en rentrant à la maison que j'ai remarqué que j'étais déjà bien bourré, ivre je veux dire. Mais j'ai quand même raccompagné Adler chez lui. Il tenait presque plus debout, alors mettre un pied devant l'autre, fallait pas y penser. Il s'est accroché à moi pendant tout le chemin. Je l'ai raccompagné jusqu'à sa porte. Il habite à Bienenheim. Demandez-lui. Il pourra vous le confirmer.*

— *En rentrant, je me suis senti mal. Avec tout cet air frais. J'ai vomi et j'ai dû rester un moment assis dans la neige. Tellement j'avais la tête qui tournait.*

— *Quand je me suis senti mieux, j'ai repris la direction d'Aubing. Je voulais rentrer chez moi. Me coucher. Cuver mon vin.*

— *Juste avant Aubing, je suis tombé sur cette jeune fille. Elle portait un bidon de lait. Elle m'a salué, "Grüß Gott".*

— J'ai fait un bout de chemin avec elle. On a discuté. En tout bien tout honneur.

— Une brave fille. Bien aimable.

— Et puis je me suis jeté sur elle.

— J'ai mis mes mains autour de son cou et je l'ai poussée dans la neige. Je me souviens de rien d'autre. Je sais juste que je me suis jeté sur elle et que je l'ai poussée dans la neige.

— Je me souviens plus. Pourquoi est-ce que je vous mentirais ? Je vous le dirais, si je m'en souvenais. Je vous en prie, croyez-moi. J'avais beaucoup bu. Sobre, je me serais jamais jeté sur elle. J'en aurais été incapable. J'aurais jamais fait une chose pareille. Jamais. Je suis un homme marié. J'ai des enfants.

— Si vous dites que je lui ai arraché sa culotte, c'est sûrement vrai. Mais je me souviens plus exactement. Je suis revenu à moi que quand j'avais fini.

— Si elle le dit, c'est sûrement vrai, que je, que je… eh bien, que je me suis frotté contre elle. Mon Dieu, mon Dieu, j'ai tellement honte.

(Il met les mains devant son visage.)

— Je m'en souviens pas, je m'en souviens pas… Je me souviens pas non plus de l'avoir menacée.

— Vraiment, je m'en souviens pas. Je vous raconte pas d'histoires ! Il faut me croire quand je vous dis ça. Il faut me croire…

(Il se met à pleurer.)

— Oui, oui, je me calme, je me calme.

(Il prend le mouchoir qu'on lui tend, se mouche.)

— *Tout ce dont je me souviens, c'est de m'être relevé et de m'être sauvé.*
— *Où j'allais ? Je rentrais à la maison. Où vouliez-vous que j'aille ? Où est-ce que j'aurais pu aller ?*
— *C'est là que les deux femmes m'ont suivi à vélo. Ces deux bonnes femmes ne voulaient pas me laisser tranquille. Elles m'ont collé au train.*
— *Je suis entré dans un jardin. Pour pisser. Et soudain, elles étaient derrière moi. J'en ai bousculé une, qu'est-ce que je pouvais faire ? L'autre a repris son vélo et m'a poursuivi. Elle n'a pas arrêté de me tanner. Elle voulait que j'aille me rendre à la police. Pas moyen de m'en débarrasser, pas moyen. Elle voulait pas me laisser tranquille. J'arrivais même plus à penser. Avec son blabla. J'avais qu'une seule envie : la semer. Alors j'ai pris à travers champs, parce que j'en pouvais plus. C'est d'ailleurs là que les gendarmes m'ont arrêté.*
— *Il y a un gros qui m'a suivi à travers champs. Je me souviens plus si je lui ai crié que j'allais lui mettre une balle dans la tête. C'est bien possible. Mais qu'est-ce que vous vouliez que je fasse ? Je savais plus où j'en étais. J'aurais été bien incapable de lui mettre une balle dans la tête. J'avais pas de revolver ! J'ai juste dit ça pour qu'il s'en aille, pour qu'il me laisse tranquille. Je voulais qu'ils me laissent tranquille ! Tranquille !*
— *Il faut me croire, jamais j'aurais imaginé faire un jour une chose pareille. Agresser une jeune fille ! Moi ? Jamais ! J'ai des enfants ! Je suis un bon père ! Mais j'étais tellement ivre. Tellement ivre que je savais*

plus ce que je faisais. J'étais plus maître de moi-même. Il faut me croire. Vous me croyez ?

— Je serais allé de moi-même à la police. Une fois que j'aurais cuvé mon vin, je me serais rendu. Je suis pas un criminel !

— Mais bon Dieu, je sais bien que j'ai fait une grave erreur, je comprends pas moi-même. J'ai une femme et des enfants ! Je sais pas ce qui m'a pris.

— Non, j'avais encore jamais fait une chose pareille. J'ai rien à voir avec ces autres crimes. Rien ! J'avais encore jamais fait une telle chose ou même pensé à une telle chose de toute ma vie, qu'est-ce que vous imaginez ?

— Bien sûr que j'ai entendu parler de ces crimes dans les environs. Comme tout le monde. Mais j'ai rien à voir avec tout ça. Vous pouvez pas m'accuser de ça. Il faut me croire, j'étais tellement ivre… Sobre, j'aurais jamais fait une chose pareille. C'était un accident, un accident ! J'ai une femme et des enfants !! Je suis un bon père… un honnête Allemand.

— Juste parce que ça fait des années que vous cherchez le coupable… Je sais bien que j'ai fait une grosse bêtise, et c'était bien moi avec cette jeune fille, je l'assume, mais j'ai rien à voir avec les autres crimes, strictement rien. Prouvez-le-moi, allez-y. Oui, prouvez-le-moi. Montrez-moi donc vos preuves ! Vous trouverez rien. Rien du tout ! J'ai rien à cacher. Rien !

DIMANCHE MATIN

Les voix lui parviennent dans son demi-sommeil, juste avant qu'elle ne se réveille vraiment. Elles sont d'abord lointaines, comme si elles venaient de l'autre bout d'un grand hall. Puis elles deviennent de plus en plus fortes. La voix de femme n'est pas sans ressembler à celle de sa mère, dure, rauque. Elle entend aussi les bruits de la cuisine, la vaisselle qui s'entrechoque, un jeune enfant qui pleurniche. Les sons se rapprochent, se font plus distincts. Ils sont de plus en plus perceptibles comme ceux du monde extérieur. Elle ouvre les yeux. La chambre est petite, les rideaux tirés. Mais la mince étoffe laisse passer suffisamment de jour, et la pièce baigne dans une douce lumière. Kathie est couchée sur le dos, immobile. Seul son regard se promène dans la pièce. Il passe du plafond aux murs, va jusqu'à la fenêtre. C'est une petite chambre, plutôt un réduit. Un lit en bois, une commode où sont posés une bassine et un broc. Dans le coin, juste à côté de la porte, une armoire. L'air est vicié, on sent une légère odeur de moisi, d'humidité. Les murs sont jaunis. Tout lui est étranger, l'espace d'un instant, elle ne sait plus où elle est ni comment elle est arrivée là. Lentement, très lentement, le souvenir lui revient.

Kathie se redresse dans son lit. Elle voit ses vêtements sur la chaise. Le manteau vert, la robe bleue, les bas. Tels qu'elle les y a posés la veille avant de se glisser dans le lit froid et humide. Elle se frotte les yeux, bâille. Elle sait maintenant où elle est et comment, la veille, elle est arrivée là.

Elle se souvient du trajet en train avec Maria. De Mme Lederer qui est venue chercher les deux jeunes filles. Elle était sur le quai lorsque le train est entré en gare. Kathie l'a reconnue tout de suite. Avant même que Mme Lederer ne les repère. Car elle ressemble énormément à la mère de Maria.

En guise de salut, elle leur a donné une brève poignée de main. Pas plus.

Elle est sortie de la gare principale avec les deux filles et les a directement emmenées chez elle, Lothringerstraße. Dans l'appartement, Maria et Kathie étaient assises l'une à côté de l'autre sur le canapé de la grande cuisine. Elles ont bu un thé. Kathie ne disait pas un mot. Elle détaillait la cuisine. Une pièce vaste et claire. Un buffet peint en blanc, avec des rideaux derrière les vitres. Coincés dans le cadre, le portrait d'un défunt et une carte postale. Devant la fenêtre, la cage d'un canari. Il était tout jaune, et Kathie ne pouvait s'empêcher de le regarder, tandis qu'à côté d'elle Maria n'arrêtait plus de causer. Un vrai moulin à paroles. Elle parlait de sa mère, la sœur de Mme Lederer, qui avait encore eu un enfant en été. De Merl, son beau-père, de la récolte de houblon, des prix qui chutaient, des gens du village. Elle lui disait qui s'était marié, qui était malade et qui était mort. Elle n'arrêtait plus de parler. Elle répétait tous ces commérages, toutes ces histoires que Kathie ne pouvait déjà plus entendre. L'oiseau sautait de perchoir en perchoir, puis a gonflé ses plumes avant de commencer à faire sa toilette.

Kathie a détourné le regard pour revenir à Mme Lederer. Elle avait l'impression qu'elle non plus ne s'intéressait pas aux bavardages de Maria. Que ça faisait longtemps qu'elle en avait assez de ses histoires. Mais Maria n'arrêtait toujours pas de parler.

Kathie avait gardé son petit chapeau bleu. Son chapeau aux rubans blancs. Elle avait sa tasse de thé à la main. Comme une grande dame. Elle la tenait entre le pouce et l'index, l'auriculaire tendu. Comme elle l'avait vu dans les magazines.

Plongée dans ses rêveries, elle allait jusqu'à la cage, puis sortait par la fenêtre pour se retrouver dans la rue. Elle rêvait de la ville qui l'attendait, de sa nouvelle vie.

Est-ce qu'elle ne voulait pas ôter son chapeau ? Kathie s'est contentée de secouer la tête pour répondre à la question de Mme Lederer. Les dames des photos ne gardaient-elles pas leur chapeau pour boire le thé ?

Elle a pris une gorgée. Le thé était doux et sucré dans sa bouche. Grâce au lait et au sucre. Doux comme la vie qu'elle entendait mener ici, à Munich. Dans la grande ville.

Elle chercherait une place et ne retournerait plus jamais à la campagne. C'était beaucoup mieux ici. Elle deviendrait une dame de la ville. Le bonheur était dans la rue, elle n'aurait qu'à se baisser pour le ramasser.

"Où vas-tu dormir, Kathie ?" lui a demandé Mme Lederer, arrachant à nouveau Kathie à ses pensées pour la ramener à la table de la cuisine.

Elle ne pouvait loger que Maria, sa nièce. Qui pourrait dormir sur le canapé de la cuisine. Elle n'avait pas de place pour deux personnes. La petite chambre, elle l'avait donnée à un locataire.

"Je sais bien où aller. Je connais quelqu'un dans la Ickstattstraße, Anna Bösl. Je peux loger chez elle", a rétorqué la jeune fille.

Savait-elle y aller ? Mme Lederer pourrait demander à la petite du voisin d'en face, elle l'y emmènerait sûrement. Elle-même n'avait pas le temps de s'en occuper. Kathie a donc pris le chemin de la Ickstattstraße. Maria et la fille du voisin l'y ont accompagnée. Elle a laissé sa valise chez Mme Lederer. Elle viendrait la chercher quand elle aurait trouvé une place. Plus tard. Mme Lederer n'avait rien contre.

Ickstattstraße, c'est Anna qui a ouvert la porte aux jeunes filles. Elle a immédiatement reconnu Kathie. L'a accueillie avec un grand "Salut ! Comment tu vas ?" puis : "Entre donc. Qu'est-ce que tu fais à Munich ? Tu restes combien de temps ?"

C'était un accueil chaleureux, rien à voir avec la froide poignée de main de Mme Lederer. Kathie s'est tout de suite sentie bien. Elle s'est débarrassée de Maria dans le hall, avant même d'entrer dans l'appartement.

Peu après, elle était à nouveau assise à une table de cuisine, mais cette fois avec Anna. La pièce était plus petite et un peu plus sombre, mais ça ne la dérangeait pas. A présent, c'est elle qui n'arrêtait plus de parler. De la place qu'elle voulait chercher à Munich, "puisque son père voulait qu'elle quitte la maison". Elle serait partie de toute façon. Ça faisait bien longtemps qu'elle étouffait au village. Elle voulait faire sa vie dans la grande ville. Comme Anna. C'est pour ça qu'elle était là.

Elle ne pouvait pas loger dans sa famille, et ne le voulait pas, et elle cherchait donc un endroit où dormir. Peut-être qu'Anna pourrait l'aider.

"C'est pas un problème. On va te trouver ça, a-t-elle dit à Kathie. Attends juste que ma mère rentre à la maison", a-t-elle ajouté, elle se débrouillerait bien pour que Kathie puisse rester quelques jours.

Elles n'ont pas attendu longtemps que Mme Bösl arrive. Elle avait l'air fatiguée. Kathie a supposé qu'elle rentrait du travail. Elle s'est assise avec elles à la table de la cuisine et Anna lui a dit : "C'est Kathie, de Wolnzach. Je l'ai connue chez Merl, elle et sa mère. Elle cherche une place à Munich et il lui faudrait un endroit où dormir. Tout de suite. Pour le début. Après on verra."

Cette histoire d'hébergement ne lui plaisait pas, Mme Bösl ne s'en est pas cachée. Il n'y avait pas de place dans l'appartement. La seule chambre, plutôt un réduit, était louée à Mlle Stegmeier. Elle n'avait pas besoin de rappeler à Anna combien elle avait besoin de cet argent depuis que son père était mort. Trop d'argent pour mourir, pas assez pour vivre, il fallait toujours tirer le diable par la queue.

Elle ne pouvait pas laisser dormir Kathie dans la chambre à coucher, puisqu'elle y dormait elle-même avec les deux petits. Est-ce qu'elle avait oublié ?

"Mlle Stegmeier, elle est partie en voyage pour quelques jours. Kathie pourrait rester ici une nuit ou deux… Jusqu'à ce qu'elle ait trouvé quelque chose d'autre. Elle va quand même pas dormir dans la rue."

Après bien des discussions, Mme Bösl a fini par dire oui, de mauvais gré certes, mais elle a laissé le réduit à Kathie.

"Juste pour quelques jours, après il faudra qu'elle se cherche autre chose."

Elle n'avait donc pas de valise ? Kathie a répondu à la question de Mme Bösl qu'elle l'avait laissée quelque part. Mais ça ne semblait déjà plus intéresser la mère d'Anna, qui s'est levée de table et est allée jusqu'au réduit. Elle a ouvert la porte et fait un signe de la tête vers l'intérieur. "Voilà, tu dormiras là."

Pour sa première soirée à Munich, Kathie a accompagné Anna chez Soller. Chez Soller sur Tal.

"Tu viens avec moi ?" lui avait proposé Anna. Ce serait bête de passer toute la soirée chez sa mère. Ça convenait tout à fait à Kathie, alors elle l'a accompagnée. Elle est allée chez Soller avec Anna.

Dès ce premier soir, elle a fait la connaissance de Mitzi Zimmermann, puis de Hans. Gretel, la serveuse, s'était assise un moment avec elles "parce qu'y a personne aujourd'hui, ils sont tous à la fête de la bière". Elle était curieuse de savoir qui accompagnait Anna, et Kathie lui a un peu raconté ce qui l'amenait.

Les clients sont arrivés peu à peu. Gretel les a quittées pour aller servir. Kathie et Anna n'étaient pas là depuis très longtemps, une demi-heure peut-être, lorsque Mitzi Zimmermann est venue s'installer à leur table. Anna a présenté Mitzi à Kathie. Kathie avait l'impression qu'Anna connaissait tout le monde chez Soller, et que tout le monde la connaissait.

Hans est arrivé un peu plus tard dans la soirée. Il a tout de suite plu à Kathie. Dès le moment où il a passé la porte. Avec son feutre gris et sa moustache noire. Il est venu à leur table. Mitzi s'est levée d'un bond pour le prendre dans ses bras. Hans l'a repoussée en voyant Kathie. Il a tout de suite voulu savoir qui c'était, et lui a baisé la main comme à une grande dame. Kathie est devenue toute rouge à cause de la façon qu'il avait de la regarder avec ses yeux sombres. Il a pris la place juste à côté d'elle. Il s'est assis tout près, et Kathie était bien contente.

Il lui a demandé d'où elle venait et ce qu'elle faisait à Munich. Elle lui a tout raconté. Toute l'histoire, les problèmes avec son père, et qu'elle était venue à Munich pour chercher une place.

Il lui a dit que ça n'allait pas être facile, mais qu'il l'aiderait. Après tout, il connaissait suffisamment de gens, et une jolie fille comme Kathie trouverait sûrement quelque chose.

"Lui raconte pas d'histoires, à la petite. T'as déjà pas de boulot toi-même, comme presque tous les gars ici, ton gagne-pain c'est l'Assistance publique et Mitzi. Quant au travail que tu peux lui trouver, pff, y a plus d'une petite jeune pour qui ça s'est mal terminé. Fais plutôt le tien, tant que t'en as un, au lieu de dire des âneries." Hans a rejeté l'objection de Gretel d'un geste méprisant.

Ils ont passé une bonne soirée chez Soller. A un moment, Anna s'est mise à chanter. Toutes les chansons avec lesquelles elle faisait déjà la tournée des auberges quand elle était petite, avec son père. Les gens riaient, criaient à tue-tête. Et plus la soirée avançait, plus Hans se rapprochait de Kathie. Il a même posé la main sur sa cuisse, et Kathie ne l'a pas repoussé. Mitzi n'a rien vu, ou alors elle a fait semblant de rien.

Kathie rabat lentement la couverture sur le côté. Ils sont restés tard chez Soller hier soir, Anna l'a ramenée Ickstattstraße bien après minuit.

Ça a quand même étonné Kathie qu'Anna ne reste pas, qu'elle la raccompagne seulement jusqu'à l'appartement. Elle est ressortie, mais Kathie était trop fatiguée pour se poser des questions. Elles se sont donné rendez-vous pour le soir. Elles veulent retourner chez Soller. Anna viendra la chercher.

Kathie repousse complètement la couverture, se lève. Elle sent le plancher froid sous ses pieds nus. Elle va jusqu'à la cuvette. Qu'est-ce qu'elle va faire jusqu'à six heures, jusqu'à ce qu'Anna passe la prendre ?

Elle prend le broc, remplit la cuvette d'eau, plonge ses deux mains dans l'eau froide et se lave le visage.

WALBURGA

Je ne pourrais plus dire quand j'ai vu Josef pour la première fois. On se connaît depuis toujours. Depuis qu'on est petits. On habitait dans la cité, dans les logements des cheminots. Mon père travaille aux chemins de fer. Le sien aussi. Tous ceux qui habitent là travaillent aux chemins de fer. Et ils ont tous beaucoup d'enfants. Nous les gamins, on se retrouvait dans la cour pour jouer. La plupart du temps, c'était les filles d'un côté et les garçons de l'autre, mais quand on jouait aux gendarmes et aux voleurs, on était tous ensemble. Il y avait même les garçons. C'est comme ça que j'ai connu Josef. On était dehors toute la journée. On rentrait seulement quand notre mère nous appelait ou quand les réverbères étaient allumés.

Je l'ai toujours trouvé un peu bizarre, comme gamin. Il restait assis dans notre cabane sous le cerisier, en tailleur, et bougeait ses genoux. Il disait presque jamais rien. Et puis un jour on s'est perdus de vue.

Jusqu'à l'été 1935.

Je l'ai revu en allant me baigner. Erich devait m'accompagner. C'est avec lui que je sortais à l'époque, mais il avait mieux à faire que de rester avec moi ce jour-là. Il jouait aux cartes avec ses copains. Sur les bancs à côté du kiosque. Tout à coup, Josef était là, debout à côté de moi.

"Salut, tu te souviens de moi ? Josef", il m'a dit. J'avais le soleil dans les yeux, alors je l'ai pas reconnu tout de suite. Il a fallu qu'il soit juste à côté de moi.

Erich, il avait pas de temps à me consacrer de toute façon, alors j'ai passé l'après-midi à discuter avec Josef. C'était sympathique, mais je suis pas tombée amoureuse de lui. Il était là, c'est tout.

Il était assis à côté de moi sur la couverture. Il m'a raconté qu'il travaillait aux chemins de fer, qu'il était au triage. Exactement comme son père. Il faisait les trois-huit. "Et toi ?" Je lui ai parlé de mon apprentissage, je lui ai dit que le métier de couturière me plaisait pas vraiment, mais qu'est-ce que je pouvais faire d'autre ? Pour faire vendeuse ou employée de bureau, il aurait fallu que je sois meilleure en calcul. J'avais pas vraiment eu l'embarras du choix.

Le soir, il m'a raccompagnée à la maison avec son vélo. Un vieux Dixi, avec des pneus ballons. Je m'en souviens bien.

On le lui a volé plus tard, enfin c'est ce qu'il m'a dit. Mais c'était bien plus tard. Il m'a raccompagnée jusque devant chez moi, et quand il a voulu me revoir le samedi suivant, j'ai pas dit non.

C'est là qu'on l'a fait. On est partis dans la forêt de Himmelreich, avec nos vélos, et alors qu'on était assis tous les deux dans l'herbe il m'a embrassée. C'était pas romantique, plutôt brutal. Mais ça me dérangeait pas. Et quand il a voulu plus, là encore, j'ai pas dit non. Alors on l'a fait.

Je suis pas très difficile pour ces choses-là. Je l'ai jamais été.

Après, que je le voie plus pendant des semaines, ça m'a quand même agacée. Mais ça m'a pas empêchée de recoucher avec lui quand il est revenu me voir.

"Qu'est-ce que t'as fait pendant tout ce temps ?" je lui ai demandé.

Tout ce qu'il m'a répondu, c'est : "J'ai eu beaucoup de travail." Il a pas voulu en dire plus.

Alors je me suis contentée de ça, j'ai pas posé d'autres questions. J'avais pas attaché une importance démesurée à la chose. Et puis qu'est-ce que j'aurais dû lui demander ?

A l'automne, j'ai remarqué que j'étais enceinte.

J'avais espéré qu'il s'occuperait un peu plus de moi, qu'il me soutiendrait. Mais pas du tout. Au contraire. Il a rien changé à ses habitudes, il venait quand ça le prenait. Il me négligeait moi, et plus tard aussi le bébé. C'est tout juste s'il le regardait. Alors lui parler ou jouer avec lui, vous pensez.

Quand il a arrêté de payer la pension, je me suis tournée vers l'Assistance publique. C'est mes parents qui m'avait convaincue de le faire. Ils ont fait saisir son salaire. J'en avais besoin, de cet argent, je savais pas comment m'en sortir. Josef était furieux. Pour la première fois de ma vie, j'ai vraiment eu peur de lui.

Quand je suis rentrée du travail, il était assis sur mon lit, chez mes parents. Il m'attendait. Hors de lui. Il m'a menacée, insultée.

"Je sais même pas si c'est moi le père. Si ça se trouve, tu veux me refourguer le bébé d'un autre."

J'étais plantée là, je pouvais pas m'arrêter de pleurer. Si mon père était pas entré dans la chambre et avait pas jeté Josef dehors, j'aurais pas su quoi faire.

C'était fini. Mon père m'a dit : "On arrivera bien à l'élever, ce petit." J'ai plus vu Josef ni eu de nouvelles pendant plusieurs semaines. Il s'est pas montré. Quand j'ai remarqué que j'étais à nouveau enceinte, c'est moi qui suis allée le voir. Je voyais pas d'autre solution.

Le 31.12.1937, on s'est mariés. Il a neigé toute la journée. Je sais moi-même pas vraiment pourquoi je l'ai épousé. Je voulais que quelqu'un subvienne aux besoins de mon enfant, et la peur de devoir rester toute seule était plus grande, plus grande que la peur d'être mariée avec un homme qu'on aime pas. Qui aurait encore voulu de moi, enceinte et avec un enfant naturel ?

Il a accepté de se marier. Il voulait pas d'ennuis avec l'Assistance ! Il s'était renseigné auprès d'un collègue membre du parti. Celui-ci lui avait dit que se marier était le plus simple. Pour lui, pour tout le monde.

C'est un samedi, trois semaines après notre mariage, qu'il m'a frappée pour la première fois. Je ne me souviens même plus pourquoi on s'était disputés. Mais le coup qu'il m'a donné dans la nuque, ça, je m'en souviens. Juste quand je lui tournais le dos. Je m'en souviens comme si c'était hier. Et puis il a mis ses mains autour de mon cou et il a serré très fort.

Ça a duré une éternité avant qu'il me lâche. Pars, je me suis dit, demande le divorce. Mais quand je l'ai vu assis là, la tête dans ses mains, et quand il m'a dit qu'il était vraiment désolé, j'ai pensé aux enfants, j'ai pensé aux gamins qui avaient besoin de leur père, et je suis restée. Je suis restée, j'ai pas écouté la petite voix en moi qui me disait de partir.

(Suite de l'interrogatoire de Josef Kalteis.)

— *Ma femme, Walburga, elle vient du même endroit que moi, d'Aubing. Son père aussi, il travaille aux chemins de fer. Comme moi.*

— *Quand est-ce que je l'ai rencontrée ? Je m'en souviens plus. Elle était dans la classe de ma sœur, et on habitait dans le même quartier.*

— *Un soir, j'étais dans un café pour boire un verre après le travail et en rentrant à la maison j'ai remarqué une fille qui marchait juste devant moi. J'avais l'impression de la connaître. Alors j'ai un peu pressé le pas. Je voulais voir qui c'était, et quand je l'ai rattrapée, j'ai vu que c'était Walburga. Je me suis demandé où elle pouvait bien aller.*

— *J'étais curieux. Alors je l'ai suivie. Et quand j'ai remarqué qu'elle était en train de pleurer, je lui ai parlé. Je supporte pas de voir une fille pleurer. J'ai jamais pu supporter.*

— *Je lui ai demandé si ça allait, qu'est-ce qui lui arrivait. Elle m'a répondu qu'elle voulait être seule.*

— *Mais j'ai insisté, j'ai continué à marcher à côté d'elle. Je me suis dit, tu peux pas laisser cette fille toute seule, vu comme elle est en train de pleurer. Elle a fini par me parler de son chagrin d'amour. Elle*

sortait avec un garçon et ils venaient de se disputer.
Il y avait toujours des hauts et des bas avec lui. C'est
pour ça qu'elle pleurait.

— Elle me faisait de la peine, et j'ai marché avec
elle encore un moment.

— Je lui ai dit que tous les hommes étaient pas
comme lui, et qu'il fallait pas se noyer dans un verre
d'eau ! Et ça l'a fait rire, parce que c'est ce que lui
disait toujours sa grand-mère.

— Quelques semaines plus tard, je l'ai revue en
allant me baigner.

— Je l'ai reconnue tout de suite et comme elle était
de nouveau toute seule, je me suis assis près d'elle.
On a discuté tout l'après-midi.

— Je l'ai raccompagnée jusque chez elle, puisque
de toute façon elle habitait dans le même quartier
que moi. On s'est donné rendez-vous pour le diman-
che suivant. Ou le samedi, je me souviens plus.

— On est partis dans la forêt à vélo.

— Se promener. Au bout d'un moment, on a fait
une petite pause, et elle s'est assise à côté de moi. Dans
l'herbe. Je lui ai offert une de mes cigarettes, on a
fumé.

— On a discuté. Et puis elle a commencé à vouloir
m'embrasser.

— Mais moi les baisers, ça m'apporte rien. Alors
je l'ai un peu taquinée. Elle était de plus en plus
déchaînée. J'avais l'impression que ça lui plaisait,
vraiment, alors j'ai continué.

— Elle a pas protesté. Même pas quand j'ai baissé
sa culotte. Elle a serré ses jambes autour de moi. Très
fort. Et elle m'a dit que c'était bon. Elle s'est mise à

grogner. A gémir, quoi. Et elle m'a serré encore plus fort avec ses jambes. Ça m'a rendu fou. Terriblement excité. Elle était racée, Walburga. Vraiment racée. J'en avais encore jamais connu une comme elle. Un délice, vraiment.

— Après, je l'ai plus revue pendant quelques semaines.

— Jusqu'à ce qu'elle vienne me trouver pour me dire qu'elle était enceinte.

— On s'est mariés quand elle était à nouveau enceinte. Du deuxième. Le dernier jour de l'année, le 31.12.1937.

— Je m'étais renseigné. Auprès d'un gars qui est au parti et puis à l'Assistance. Ils ont dit que le mieux, c'était de se marier, puisque j'étais le père des enfants. Que je m'en sortirais mieux comme ça. Rapport à la pension et tout.

— Pour le premier gosse, elle m'avait fait saisir mon salaire une fois, parce que j'avais pas payé à temps, et je voulais pas que ça se reproduise. C'est pour ça que je l'ai épousée.

WALBURGA

Je me souviens que ce matin-là, il est rentré très tard
du travail. Il devait être cinq heures moins le quart.
Mais c'était pas vraiment inhabituel, il rentrait souvent
tard après son poste.

J'ai jamais cherché à savoir pourquoi. Ça m'allait
tout à fait qu'il rentre aussi tard.

Ses vêtements étaient sales, "à cause du boulot",
comme il m'a dit. Il s'est déshabillé et lavé au robinet
de la cuisine. Puis il s'est assis à table pour le petit-
déjeuner. Que j'avais préparé entre-temps. Comme
d'habitude. Et je savais bien ce qui arriverait quand
il aurait fini de manger.

Il me prendrait par le poignet et m'attirerait vers la
table de la cuisine ou le canapé, ou bien il me pous-
serait tout simplement contre la porte. D'une main il
me tiendrait, en s'appuyant de tout son poids contre
moi, jusqu'à ce que je puisse presque plus bouger, et
il mettrait l'autre sous ma chemise de nuit. Il m'écar-
terait les cuisses brutalement. Me pénétrerait tout de

suite. Sans la moindre tendresse, avec une telle violence que j'avais de plus en plus peur chaque jour.

Je fermerais les yeux et resterais tranquille pour ne pas l'exciter encore plus. Parfois, il s'arrêtait, brusquement, avant d'avoir eu son orgasme. Il se plaignait de mon indifférence et de ma froideur, de mon manque de passion et de fougue. Il disait qu'il allait devoir chercher son plaisir ailleurs, s'il ne voulait pas se satisfaire lui-même.

Ce 30 septembre 1938, alors qu'il venait de se mettre au lit, j'ai rassemblé tout mon courage et je lui ai demandé qu'il me donne plus d'argent pour le ménage.

J'arrivais pas à joindre les deux bouts. Il fallait qu'il me donne plus d'argent pour que je puisse faire face à tous nos frais. Rien que le loyer de notre petit appartement, c'était vingt-cinq reichsmarks par mois, et on avait encore les traites des meubles qu'on avait achetés, et les petits, il leur fallait aussi de quoi manger et s'habiller. Même en étant le plus économe possible, même en faisant attention à chaque pfennig, vingt-cinq marks par semaine, c'était pas assez.

D'un coup, il a repoussé la couverture et s'est mis à hurler. Il a bondi hors du lit. Je m'attendais pas à ça. Je m'attendais pas à une réaction aussi violente. J'étais pétrifiée. Incapable de bouger. A l'écouter vociférer.

Il ne pouvait jamais avoir la paix dans cette baraque, qu'est-ce que je lui voulais encore ? Est-ce que ça me suffisait pas de lui avoir gâché sa vie, de l'avoir forcé à faire un mariage qu'il n'avait jamais voulu ? Tout ça à cause de ce sale gosse.

Il s'est mis à donner des coups de pied dans le lit du petit. Il s'arrêtait plus. J'ai enfin réussi à bouger. Je me suis précipitée vers le môme. Pour le protéger.

C'est là que je me suis pris un coup. En plein visage. Je l'avais pas vu venir, j'ai juste senti le poing dans ma figure et le sang qui coulait de mon nez en un flot lent et chaud.

La douleur n'est arrivée qu'après. La douleur et la rage. Le coup était tellement violent que j'étais tombée sur le lit, et je voulais me relever, me défendre. Mais avant que je sois sur mes jambes, il m'a frappée à nouveau. Je suis retombée.

"La prochaine fois, tu te relèveras plus. Vous pourrez plus bouger, toi et tes sales gosses !"

Et puis il m'a tourné le dos, il a enfilé des vêtements propres et il est sorti.

J'avais pas dit un mot pendant tout ce temps, je l'avais juste regardé faire.

Une fois qu'il était parti, j'ai emballé le strict nécessaire. J'ai pris les deux petits, qui étaient en pleurs, et j'ai quitté l'appartement avant qu'il revienne.

J'ai emmené mes enfants chez mes parents. Le jour même, je suis allée toute seule à Munich pour demander le divorce. Ça m'était égal que les gens me regardent dans le compartiment. Certains en douce, d'autres plus carrément. Qu'ils regardent mon visage enflé. Tellement enflé que j'y voyais à peine.

(Suite de l'interrogatoire de Josef Kalteis.)

— *Frappée, non, j'ai jamais frappé ma femme.*

— *J'ai dû la pousser un peu. La bousculer un peu, c'est tout.*

— *Je lèverais pas la main sur une femme, et si elle a dit ça… elle a dit ça ? Elle a dit que je l'avais frappée ? Elle ment. Si elle a dit ça, elle ment, bordel.*

— *Elle voulait toujours plus d'argent. Elle en vou-*
lait toujours plus. Elle arrivait pas à s'en sortir. Avec
vingt-cinq reichsmarks, on doit pouvoir s'en sortir,
non ? Vingt-cinq marks par semaine, ça doit vrai-
ment suffire. Mais elle en voulait toujours plus. Tou-
jours des sous, des sous, des sous ! Alors je lui en ai
collé une. Elle commençait à m'énerver avec ses
jérémiades. Alors quand j'en ai eu marre, je lui en
ai mis une. C'est tout. Pour qu'elle la boucle enfin.
Pour qu'elle la ferme.

WALBURGA

Je suis rentrée de Munich en fin d'après-midi. J'étais allée au tribunal. Déposer ma demande de divorce. Le fonctionnaire que j'avais vu avait été assez aimable pour ne pas regarder mon visage abîmé pendant que je remplissais les papiers. Je lui en étais reconnaissante.

Il fallait que je retourne à l'appartement. Que je prenne quelques affaires pour les enfants. Et pour moi. Des affaires que j'avais laissées le matin ; que j'avais dû laisser. Parce que j'avais une peur bleue qu'il revienne.

J'ai pas osé retourner à l'appartement tout de suite. J'avais pas le courage. Alors je suis rentrée chez mes parents. J'ai attendu là-bas de pouvoir être sûre qu'il était parti pendre son service de nuit. Enfin, tard dans la soirée, je me suis mise en route.

Il n'y avait pas de lumière aux fenêtres, pas de bruit dans l'appartement. J'avais attendu un moment devant la porte à épier le moindre bruit, je voulais vraiment pas tomber sur lui. J'ai attendu de me sentir vraiment en sécurité pour mettre la clé dans la serrure et ouvrir la porte de l'appartement.

L'espace d'un instant, la peur est revenue. J'étais sûre et certaine d'avoir fermé à double tour en partant ce matin. Et maintenant, il avait suffi d'à peine tourner la clé. La porte n'était pas verrouillée.

Il était revenu dans la journée. Avait vu que j'avais rassemblé une partie de mes affaires. Il avait simplement claqué la porte derrière lui. Il n'y avait personne dans l'appartement. Je suis entrée d'un pas hésitant.

L'appartement était plongé dans l'obscurité, dans le couloir, un peu de lumière de la cage d'escalier entrait par la porte grande ouverte. Je voulais pas la fermer. J'étais plus rassurée comme ça.

La porte de la chambre était fermée, celle de la cuisine aussi. L'appartement n'avait soudain plus rien de familier, tout était menaçant.

J'étais dans le couloir, indécise, prête à rebrousser chemin. J'hésitais. Je me suis forcée à rester. J'ai ouvert prudemment la porte de la cuisine. Je n'ai pas osé allumer la lumière. La pièce était juste éclairée par la lumière de la rue qui entrait par la fenêtre aux rideaux ouverts.

Rien n'avait l'air d'avoir changé depuis que j'étais partie.

Tout était à sa place. Seul le tiroir du buffet était ouvert. Je me suis approchée pour y jeter un œil. Est-ce qu'il manquait les deux couteaux ? Je n'étais pas sûre, mais j'ai aussitôt chassé cette idée. J'ai emballé quelques affaires.

Il fallait encore que j'aille dans la chambre prendre des vêtements pour les enfants et moi.

J'ai regardé autour de moi une dernière fois, puis j'ai quitté la pièce. J'ai pris le petit couloir qui menait à la chambre à coucher.

J'ai lentement actionné la poignée de la porte. Je voulais pas faire de bruit. Je l'ai d'abord entrebâillée. Il y a eu un léger grincement. Je me suis figée, à l'affût du moindre son dans l'obscurité. Mais rien n'a bougé. J'ai respiré un bon coup, j'ai pris mon courage à deux mains et j'ai ouvert la porte en grand.

Juste au moment où je commençais à me rassurer, j'ai entendu un bruit.

C'était un léger sifflement. A peine audible. Mais ça venait de la chambre. J'étais sûre que ça venait de la chambre, du coin à côté de l'armoire. Dont me séparaient juste la porte ouverte et quelques pas. Je me suis figée, j'ai retenu ma respiration, j'ai plus bougé d'un pouce.

Je n'osais pas faire un pas. La peur que j'avais eu bien du mal à maîtriser était revenue avec ce bruit angoissant.

J'ai reculé, et je suis lentement ressortie de la chambre, sans faire le moindre bruit. J'ai pris le couloir à reculons. Sans quitter des yeux la porte de la chambre, j'ai pris mon sac, que j'avais laissé à côté de la porte de la cuisine. Je l'ai pris sans un bruit, en tendant l'oreille dans le noir. Je me suis dirigée à reculons vers la porte de l'appartement que j'avais laissée ouverte.

J'ai attendu d'être sur le palier pour me retourner, et là j'ai dévalé les marches aussi vite que j'ai pu. J'ai continué à courir, j'ai couru jusque chez mes parents.

C'est seulement une fois arrivée chez eux que je me suis calmée, que je me suis débarrassée de ma peur.

Après avoir quitté l'appartement ce 30 septembre, j'ai plus eu de nouvelles de lui pendant des semaines. J'habitais avec mes enfants dans mon ancienne chambre, chez mes parents. Il est réapparu début novembre. On avait sonné, j'étais allée ouvrir la porte, et c'était lui.

Il avait mauvaise mine, et il m'a dit qu'il était désolé, désolé pour tout.

Il voulait que je retire ma demande de divorce et que je rentre à la maison avec les enfants. "Comme ça, ça n'a ni queue ni tête." Il m'a promis solennellement, "juré sur la tête de la vierge Marie", qu'il ne me battrait plus jamais.

J'avoue, au début j'ai hésité. Mais comme il se faisait de plus en plus pressant, j'ai fini par me laisser convaincre. Je le savais bien qu'à la longue je ne pourrais pas rester chez mes parents avec les deux petits. Et je l'avais encore dit à personne, mais je savais que j'étais à nouveau enceinte. Alors j'ai rassemblé mes affaires, j'ai mis les enfants dans leur chariot et je suis retournée m'installer avec lui.

Le petit bout, le bébé, je l'ai perdu quelques semaines plus tard. Je peux pas dire que ça m'ait particulièrement attristée. Je me suis dit que ça lui épargnait bien des malheurs.

Début février 1939, il est tombé malade. Il est resté toute la deuxième semaine de février à la maison. Il a même dû garder le lit pendant quelques jours. Il a pas arrêté de me tourmenter, il avait pas un mot gentil.

Ça n'a fait qu'empirer au fil des jours qu'il a dû passer à la maison.

Plus le temps passait, plus il était nerveux et insupportable. Il allait et venait dans l'appartement comme un fauve dans sa cage.

Quand j'étais petite, mon père a ramené un petit renard à la maison. Il l'a mis dans une petite cage, en bas dans la cour. Il était tout apprivoisé. Mais en vieillissant, le renard s'est mis à faire sans cesse des allers et retours dans sa prison. Il n'arrêtait plus. Et puis il a commencé à mordre, à devenir méchant. Jusqu'à ce qu'un jour mon père l'abatte.

C'est au renard qu'il m'a fait penser quand je l'ai vu aller et venir dans l'appartement. Il n'arrêtait plus, comme le renard. Et il était de plus en plus nerveux.

Les petits, s'ils ne s'ôtaient pas tout de suite de son chemin, il leur criait dessus. Il les chassait à coups de pied.

Le samedi du carnaval, il m'a dit qu'il fallait absolument qu'il sorte, qu'il pouvait plus rester à la maison. Il fallait qu'il sorte pour se chercher quelque chose.

Je me fichais de ce qu'il voulait dire par là, j'en avais assez de ses allusions et de ses grossièretés. Je l'écoutais plus guère quand il parlait.

Ça m'a étonnée qu'il m'accompagne au cinéma. Il est même entré avec moi. On a regardé la Wochenschau, les actualités. On est sortis avant le début du film. J'étais épuisée et j'avais plus envie de voir le film, et puis je voulais pas laisser les enfants tout seuls trop longtemps.

C'était une froide et claire nuit d'hiver. J'ai levé les yeux pour voir les étoiles et le ciel scintillait de partout.

On est pas rentrés directement à la maison, pas par le chemin le plus court. On a un peu fait le tour du village, c'était une si belle soirée. J'étais contente qu'il prenne le temps de faire ça. J'ai cru que finalement tout s'arrangerait entre nous.

On est arrivés à la maison vers neuf heures et demie. J'étais épuisée, d'avoir marché comme ça dans le froid. Je me suis déshabillée et je me suis mise au lit tout de suite.

Lui, il a dit qu'il voulait encore aller boire une bière, il arriverait pas à rester tranquille à la maison. Il a remis sa veste et son manteau et il est ressorti. C'est la dernière fois que je l'ai vu.

DIMANCHE

Le dimanche matin, avant d'aller à l'église, la vieille Bösl pose devant Kathie une grande tasse de café de malt. "Tiens, bois. Tu seras toute seule à la maison aujourd'hui. Après la messe, j'irai à Haidhausen avec les enfants. Voir de la famille. Anna viendra certainement te chercher."

Seule à la table de la cuisine, Kathie boit son café et laisse vagabonder ses pensées. Elle se lève, va jusqu'à la fenêtre et regarde dehors. Elle reste là pendant des heures, et quand elle n'en peut plus elle va dans la chambre et s'allonge tout habillée sur le lit. Elle ferme les yeux et elle attend, elle attend qu'Anna vienne la chercher. Allongée sur le lit, elle ne se rend pas compte que la fatigue la gagne, et au bout d'un moment elle s'endort.

Elle rêve qu'il fait nuit noire et que des flocons de neige tombent lentement du ciel. Les petits points brillants dansent dans les airs. Kathie, petite fille, lève les yeux vers le ciel, la tête renversée en arrière. Elle en perd presque son bonnet de laine. Elle regarde les points clairs tomber, elle sent le froid des flocons sur son visage, elle ouvre grande la bouche et essaie d'attraper les flocons qui tombent du ciel, mais son haleine chaude les fait fondre avant qu'ils ne touchent sa langue. Kathie tend ses mains gantées vers les flocons. Elle les voit dessiner des étoiles sur ses moufles en laine. Elle sent une main sur son épaule, grande et lourde. Elle entend la voix rauque de sa grand-mère tout près de son oreille, qui lui chuchote : "Viens, Kathie, on rentre à la maison." Elle donne la main à sa grand-mère et ses pieds s'enfoncent dans la neige.

A la maison, elle partageait la chambre et le lit de la vieille femme. La pièce était petite et exposée aux courants d'air, et seule une mince cloison de planches la séparait du reste du grenier. Quand elles dormaient, leur souffle faisait apparaître des fleurs de givre sur les vitres. En hiver, il n'était pas rare que, les nuits de tempête, de petits flocons de neige entrent par le toit mal isolé. Ils se posaient sur les planches du sol et ne fondaient pas. Kathie aimait ces nuits. Elle se couchait tout près de sa grand-mère. Elle sentait le corps chaud de la vieille femme contre le sien et fermait les yeux pour écouter ses histoires. Des histoires interminables mettant en scène fantômes et esprits, anges et autres prodiges. Elle se sentait en sécurité avec ce grand corps chaud tout près du sien. Bien au chaud et en sécurité, même dans son rêve.

Le corps de la vieille était devenu anguleux. Avec tout ce travail et cette vie de privations. Elle avait eu dix enfants. Que des garçons. Elle n'en a vu grandir que quatre. Les autres sont morts, à la naissance ou avant de savoir marcher. Elle avait connu la misère toute sa vie. Le père de Kathie était l'aîné. Il vit aujourd'hui dans la petite maison avec sa famille. La vieille femme la leur a cédée et s'est installée dans une chambre au grenier. Aussi loin qu'elle se souvienne, Kathie avait partagé son lit. Elle était venue au monde bien trop tôt. C'était un tout petit bout, elle était pas plus grande qu'une chope de bière, lui avait raconté sa grand-mère. Alors elle avait pris la petite chose dans son lit pour la réchauffer, et c'était resté. Parfois, la grand-mère respirait difficilement et toussait pendant la nuit, et Kathie n'arrivait pas à s'endormir. Mais elle n'a jamais voulu quitter cette chambre. Elle n'imaginait pas une seconde de ne pas partager le lit de la vieille femme, la seule dans cette famille qui n'était pas distante. Sa mère était toujours sur les quatre chemins avec son commerce. Son père de mauvaise humeur, quand il ne rentrait pas complètement soûl du café. Il n'était pas rare qu'il tombe dans l'entrée et qu'il reste là à cuver son vin. Il avait vendu le peu de terrain qu'ils avaient. Avait bu l'argent ou l'avait perdu au jeu. Sans les revenus du commerce de sa mère, ils auraient dû vendre la maison depuis longtemps. Se seraient retrouvés "à la rue", comme lui reprochait souvent la vieille.

La grand-mère lui tenait chaud et Kathie se sentait bien près d'elle. Mais certaines nuits, elle avait peur de la vieille femme. Les nuits de pleine lune, lorsque Kathie ouvrait les yeux et qu'elle voyait le visage de la vieille s'approcher tout près d'elle. Avec la lumière blafarde et les ombres dans la pièce, on aurait dit que la vieille la fixait avec de grands yeux. Qu'elle fixait la petite fille. La lueur de la lune qui entrait par la fenêtre donnait à ce vieux crâne édenté quelque chose d'inquiétant. On aurait dit que la grand-mère dormait les yeux ouverts. Kathie, assise sur le lit, la regardait elle aussi, terrifiée, jusqu'à ce qu'elle n'y tienne plus et rassemble son courage. Alors elle secouait la vieille pour qu'elle se réveille, elle la secouait de ses deux mains. "Grand-mère, réveille-toi! criait-elle. Grand-mère, réveille-toi, tu me fais peur!"

Une de ces nuits de pleine lune, elle a trouvé la grand-mère assise à la fenêtre. Juste vêtue de sa chemise de nuit et de son gilet, en train de regarder la lune. Kathie, apeurée et recroquevillée dans son lit, ne quittait pas la vieille des yeux, ne sachant quoi faire. Lorsqu'elle a raconté ça à sa mère, celle-ci lui a dit : "Laisse-la tranquille. Elle saura bien se remettre au lit si elle a froid. Elle est robuste, elle attrapera pas la mort pour ça."

Et puis une nuit de décembre, la mort est venue chercher sa grand-mère. Ça fait quatre ans maintenant. Le soir, Kathie est venue se glisser à côté d'elle dans le lit. Ce soir-là, le corps de la vieille femme lui a semblé encore plus anguleux que d'habitude. Kathie s'est allongée tout près d'elle car c'était une nuit glaciale de fin décembre. Une des funestes nuits de la fin de l'année. Avant de s'endormir, elle a entendu sa grand-mère tousser et râler, sa respiration difficile. Il faisait presque jour lorsque Kathie s'est réveillée. Elle avait froid soudain, elle frissonnait, et elle a tendu le bras vers sa grand-mère. Elle voulait se blottir contre elle. C'est alors qu'elle a remarqué que le corps de sa grand-mère était étrangement froid et raide dans le lit. Elle a essayé d'écouter sa respiration, mais elle a eu beau tendre l'oreille, elle n'a rien entendu. Il n'y avait pas un bruit dans la chambre. Kathie s'est levée et a descendu l'escalier pieds nus pour aller trouver sa mère. C'est elle qui lui a dit que la vieille était morte. Ce qui s'est passé ensuite, elle ne s'en souvient plus, elle se rappelle juste avoir vu sa grand-mère dans le cercueil, vêtue de ses plus beaux habits. Et s'être demandé pourquoi elle ne portait pas de chaussures. Pourquoi, dans le cercueil, elle ne portait que ses chaussettes de laine grise. Dans sa robe noire du dimanche, les mains jointes sur la poitrine tenant son rosaire, elle avait l'air endormie. De cette journée, Kathie avait gardé le souvenir de ces chaussettes de laine et elle s'était dit qu'il fallait qu'elle quitte ce village. Qu'elle parte et qu'elle ait une autre vie que sa mère et sa grand-mère.

Elle sent à nouveau le poids d'une grande main sur son épaule. Elle sursaute et ne voit Anna que lorsqu'elle l'appelle. Il est déjà trois heures passées et Kathie dormait encore à poings fermés lorsque Anna est entrée dans la chambre. Il faut vite qu'elle se lève, Anna est pressée. Elle veut emmener Kathie chez Mitzi puis aller à la fête de la bière.

"Avec un temps pareil, ce serait bête de rester enfermée."

Kathie n'est pas bien réveillée, mais elle se réjouit de voir enfin autre chose que l'appartement. Elle ne savait pas quoi faire de sa journée, toute seule à Munich. Elle enfile vite son manteau et ses chaussures et elle accompagne Anna chez Mitzi par cette belle journée de la fin de l'été. L'air est encore chaud et elle n'a pas boutonné son manteau ; coiffée de son petit chapeau bleu, elle flâne avec Anna dans les rues de Munich. Elles vont jusqu'à Mariahilfplatz, c'est là qu'habite Mitzi.

Kathie s'arrête devant toutes les vitrines et jette un œil à l'intérieur, juste pour se voir elle-même dans les vitres qui reflètent la lumière du soleil. Avec son manteau ouvert et son petit chapeau bleu.

Mitzi habite derrière l'église, juste à côté de l'épicerie coloniale. Denrées coloniales Rainbay. Kathie regarde attentivement l'enseigne, lit ces mots avant d'entrer. Mitzi a une cuisine et une chambre. Au rez-de-chaussée. L'appartement plaît beaucoup à Kathie. Il est clair, en plein centre. En attendant que Mitzi ait fini de se préparer, elle laisse traîner ses yeux dans l'appartement. S'installe en pensées. Décide qu'un jour elle aussi aura un petit chez-soi comme celui-ci. Elle demande à Mitzi combien ça coûte un appartement comme ça et ce qu'elle fait dans la vie pour pouvoir se payer un endroit aussi joli.

Anna répond pour Mitzi. "Elle fait des broderies, Mitzi. Mais c'est pas en brodant que tu peux te payer un appartement pareil. C'est son fiancé qui le paie. Un beau monsieur de Gelsenkirchen. Il a une petite affaire, et il vient à Munich deux fois l'an. Elle sait comment ça marche, Mitzi. Toi aussi, il faudrait que tu te trouves un fiancé, tu pourras jamais vivre comme ça avec un salaire de bonne. Faudra que tu comptes chaque pfennig. Et ici à Munich, c'est Hans qui prend soin d'elle. T'as qu'à essayer, peut-être que toi aussi t'en trouveras un qui te paiera un appartement et prendra soin de toi. T'as tes chances avec Hans, et peut-être même que tu trouveras encore mieux." Elle fait un clin d'œil à

Mitzi et elles rient toutes les deux. Mais Kathie a compris et, qui sait, peut-être bien qu'elle l'aura un jour, son appartement. En tout cas, elle se voit déjà chez elle. Elle aura enfin de la place, pas comme à la maison.

"Qu'est-ce que t'observes comme ça ? Elle en reste comme deux ronds de flan, Kathie." Les voix et les rires la tirent de ses pensées. La ramènent dans la cuisine de Mitzi, à la table recouverte d'une toile cirée. Anna est assise en face d'elle et la regarde toujours en riant. "Allez, reprends-toi, on va aller voir Gustl, la sœur de Mitzi, à l'hôpital, et après on ira à la fête de la bière."

Alors Anna, Kathie et Mitzi se mettent en route, direction Thalkirchnerstraße.

La porte d'entrée du service annonce "Dermatologie". Ça ne dit rien du tout à Kathie, et elle se contente de suivre les deux autres jusqu'à la chambre de Gustl. Elles sont à six dans la même chambre. Les lits séparés les uns des autres par des rideaux. La plupart sont ouverts. Celui du lit de Gustl aussi. La sœur de Mitzi a l'air bien mal en point. Elle est toute blanche, presque transparente, et très faible. Les cheveux rares et tout fins, alors que c'est une toute jeune femme. Kathie ne lui donne pas vingt-cinq ans, même si elle a le visage d'une petite vieille. Elle se plaint de la nourriture de l'hôpital. Et de la sévérité des bonnes sœurs, ces grenouilles de bénitier, comme elle les appelle, qui les traitent comme des moins que rien. Mitzi lui donne en douce quelques cigarettes, demande si elle doit revenir et quand, et les visites sont déjà terminées. Kathie est bien contente de se retrouver dehors, elle étouffait presque dans cette chambre d'hôpital.

En quittant la Thalkirchnerstraße, elles vont directement à la fête et passent encore un bon après-midi. Elles entrent dans une des grandes tentes où on sert la bière. Elles y rencontrent des garçons, elles les laissent les inviter à manger, et elles vont aussi sur les grandes balançoires en forme de nacelles et sur les stands de tir.

Il doit être à peu près sept heures quand elles arrivent chez Soller avec les garçons. C'est là qu'Anna raconte à Kathie l'histoire de la sœur de Mitzi. Gustl sortait avec un artiste. Un peintre connu ici à Munich. Elle était bien jolie, Gustl, rien à voir avec la loque qu'elle est maintenant. Elle faisait le modèle pour son artiste, la muse, comme elle disait toujours. Anna fait la grimace en prononçant le mot "muse" d'un ton moqueur. Il y avait toujours une sacrée ambiance lors des fêtes qu'il donnait, ce beau monsieur. C'est du moins ce que Gustl racontait à Mitzi. Mais Anna veut bien le croire, même si elle n'y était jamais allée elle-même, car elle en a déjà entendu de bonnes. Et puis Mitzi lui en a parlé, et elle le tenait directement de sa sœur. On n'a jamais vu Gustl ici, chez Soller. Evidemment, elle ne fréquentait pas du tout les mêmes cercles. Et ces beaux messieurs les artistes, il paraît qu'ils faisaient fête sur fête. Et que le champagne coulait à flots. Apparemment, ils n'avaient pas de problèmes d'argent. Pas comme les crève-la-faim ici chez Soller. Et son artiste à Gustl, il paraît qu'il était assez "spécial". Qu'il se promenait toujours nu, juste avec une plume.

"T'imagines, avec une plume, et tu sais où il l'avait, sa plume ? Sur le cul ! Sur le cul, il l'avait ! Un gros pervers, il paraît qu'il portait une plume sur le cul comme un paon. C'est Mitzi qui m'a raconté, mais par contre il payait bien. L'argent, il le lui plaçait toujours sous le drap. Que des pièces. Ils sont comme ça, les artistes, ils ont des idées originales, ils te donnent pas l'argent bêtement comme ça. Il posait les pièces les unes à côté des autres dans le lit, les recouvrait du drap et la sœur de Mitzi devait s'allonger dessus. En faisant semblant de pas savoir que son salaire était sous le drap. Ça le rendait complètement dingue, et après il voulait encore la regarder compter l'argent. A chacun son truc, hein, en tout cas elle en vivait bien. Elle se moquait toujours de nous, elle, elle avait de l'argent et il l'emmenait en voyage, jusqu'à ce qu'elle attrape la syphilis. La pauvre fille. Maintenant elle se retrouve en dermatologie à Thalkirchen. T'as bien vu de quoi elle a l'air maintenant. Elle a déjà plus de cheveux, et on dirait une petite vieille. Faut dire que l'artiste, il en avait plusieurs, des muses, alors tu penses, il a vite baissé pavillon. Il l'a laissée tomber. Fini les plumes et le champagne."

Hans, qui est là lui aussi, trouve l'histoire bien drôle. Il dit "Monsieur l'artiste se prenait sans doute pour un coq", et se met à pousser des cocoricos, il ne s'arrête plus, et Hans, Anna et Kathie rient aux larmes.

Mais la soirée leur fait complètement oublier cette histoire. Un blond vient s'asseoir à côté de Kathie. "Est-ce qu'il y a encore une place ?" il demande, et Kathie ne dit pas non. Il lui plaît, ce blond, elle lui fait les yeux doux et il lui sourit. Il lui demande si elle est nouvelle ici. Il ne l'a encore jamais vue, et il vient chez Soller presque tous les jours. Il la taquine, et quand elle commence à avoir faim, elle le laisse lui payer une soupe car elle n'a rien mangé de chaud pendant toute cette journée, juste un casse-croûte à la fête et une tasse de café.

Anna part vers minuit, et Kathie la suit. Le blond les accompagne un peu. Puisque c'est son chemin. C'est ainsi qu'ils rentrent à trois jusqu'à Ickstatt-straße.

KUNI

Je me souviens très bien du jour où j'ai vu cette jeune fille. C'était le 29 septembre 1938. Un jeudi. Le jour de la visite de Mussolini à Munich. Ça ne s'oublie pas. Ma femme voulait aller en ville pour voir le Duce. "Ça n'arrive pas tous les jours, et avec de la chance on l'apercevra dans sa voiture découverte sur le chemin de la Feldherrenhalle." Elle était toute retournée, ma Lisbeth, à cause de la visite du Duce, elle voulait absolument le voir. "Un bel homme comme ça." Je l'aurais quand même bien accompagnée en ville, mais il fallait justement que je remplace mon camarade Zimmermann. Il devait faire un exposé ce soir-là pour le cours de défense passive. Il avait été brancardier pendant la guerre, comme moi. Mais il est tombé malade à la dernière minute, alors je l'ai remplacé. Lisbeth, elle m'en a un peu voulu de ne pas l'accompagner, et elle est allée en ville toute seule. Elle est partie le matin, en train. Elle avait encore une course à faire, et puis elle verrait sa cousine chez qui elle dormirait au cas où ça finirait tard. Moi j'étais libre, puisque je devais l'accompagner. Et puis il fallait que je prenne le reste de mes jours de congé, alors cette journée à Munich serait bien tombée.

Le 29, c'était encore une vraie belle journée d'été. Je ne voulais pas rester tout seul à la maison un jour de congé, et je suis parti tôt le matin à vélo. J'ai accompagné ma Lisbeth à la gare et, de là, je suis allé jusqu'à Hohenpeißenberg. Voir un vieux collègue à moi. Ça fait un beau tour depuis chez nous, parfait pour une excursion.

Je suis resté chez lui toute la journée. Il est déjà à la retraite et sa femme est morte il n'y a pas longtemps. Alors il reste tout seul à la maison, vous savez ce que c'est. On était dans le jardin et on a bu le café dehors, puisque c'était une journée magnifique. Sa fille, qui habite tout près, nous avait fait une tarte aux quetsches. Alors on était plutôt bien. Il devait être quatre heures quand je suis reparti. Puisqu'il fallait que j'aille au cours de défense passive, faire mon exposé, et je voulais encore lire les documents que Zimmermann m'avait donnés.

J'ai pris la route nationale pour rentrer à Peißenberg. C'est vers la borne kilométrique 50 que j'ai vu la fille. Elle était allongée à quelques mètres de moi en travers des troncs d'arbres entreposés sur le bord droit de la route. J'ai vu avant même de descendre de vélo que cette jeune fille, elle était complètement épuisée.

Je sais de quoi je parle, j'étais bancardier pendant la guerre, alors c'est un état que je sais parfaitement reconnaître. Je ne sais pas combien de gens j'ai vus dans un tel état d'épuisement pendant cette période. Des dizaines sans doute, si ce n'est pas des centaines.

Le vélo de la jeune fille gisait à côté d'elle au bord de la route. J'ai supposé que c'était le sien, puisqu'il n'y avait personne d'autre à la ronde. Sur le porte-bagages du vélo, il y avait un carton. Il devait faire quarante-cinq centimètres de long et trente de haut, je pense. Je me souviens du carton parce que ça m'a étonné qu'il n'ait pas glissé du porte-bagages quand elle a laissé tomber le vélo dans l'herbe. La couleur du carton, je ne m'en souviens plus, je me rappelle juste l'avoir vu fixé sur le porte-bagages.

Je suis descendu de vélo et je me suis approché de la jeune fille. "Je peux vous aider ? Vous ne vous sentez pas bien ? Je peux faire quelque chose pour vous ?" je lui ai demandé. "Non merci, tout va bien. Je me sens juste terriblement fatiguée", elle m'a répondu.

Je lui ai encore demandé si elle était tombée, si elle avait eu un accident. Mais elle a refusé que je l'aide. "Non merci, c'est très gentil à vous, mais c'est vraiment pas la peine. Je ne suis pas tombée. Je suis juste incroyablement fatiguée."

Mais qu'auriez-vous fait à ma place, je ne pouvais pas laisser cette jeune fille toute seule, dans son état. Alors je lui ai demandé d'où elle venait. "De Steingarden." Est-ce qu'elle venait directement de Steingarden ? "Non, de Füssen", elle m'a répondu.

"Mais bonté divine, ça veut dire que vous avez déjà fait cinquante-cinq kilomètres, où est-ce que vous allez encore comme ça aujourd'hui ?

— A Starnberg.

— Mais dans votre état, vous n'y arriverez jamais. D'ici à Starnberg, il y a encore une trentaine de kilomètres, peut-être même trente-cinq. Il faut que vous buviez un peu. Vous avez emporté à boire ?

— Non.

— Il faut boire, mon enfant, et manger. Un petit bout de femme comme vous."

Non mais franchement, dans l'état où elle était, je ne pouvais quand même pas la laisser toute seule. Pas dans cet état, là, au bord de la route. Alors je l'ai convaincue de me laisser l'accompagner un bout de chemin. J'ai ramassé sa bicyclette, et on est repartis en poussant nos vélos. Je ne l'ai pas laissée remonter en selle, épuisée comme elle était. Je lui ai fait prendre le raccourci à travers bois. Quand on a retrouvé la vieille route nationale, elle avait déjà suffisamment de forces pour remonter sur son vélo. On a roulé ensemble jusqu'à Peißenberg.

En chemin, j'ai discuté avec elle. Elle m'a raconté qu'elle voulait se chercher une place à Munich. Qu'elle venait d'Unterelleg, près de Sonthofen dans l'Allgäu. Qu'à Munich elle avait une sœur déjà mariée, qui habitait à Sendling, et une autre sœur qui venait de s'y installer et qui allait se marier bientôt. Elle profitait de l'occasion pour leur rendre visite à toutes les deux. Et puis il fallait qu'elle rapporte son vélo à l'une d'elles. C'est pour ça qu'elle voyageait à vélo et non pas en train, puisqu'elle voulait rapporter le vélo à sa sœur à Munich. Et elle voulait aussi aller au mariage de la plus jeune. Sa mère aussi venait à Munich pour la noce, elles se retrouveraient là-bas.

Quand j'ai objecté qu'il aurait été plus raisonnable de prendre le train et de mettre le vélo avec les bagages, elle a répondu : "Je peux vraiment pas me permettre de prendre le train, alors l'argent il aurait fallu que je l'emprunte. Avec ou sans vélo. En plus, je suis déjà allée à Munich à vélo, et là ça tombait

73

bien puisque je pouvais venir avec celui de ma sœur. Si ce gros dégoûtant m'avait pas suivie près de Steingarden, je serais pas aussi essoufflée. Il est resté un bon moment à ma hauteur. Il essayait de regarder sous ma jupe. J'avais peur qu'il veuille me faire tomber de vélo. Mais il avait qu'à essayer, tiens. J'ai pédalé comme une folle jusqu'à ce que je sois sûre qu'il me rattraperait pas."

En arrivant à Peißenberg, je lui ai finalement proposé de venir chez moi. Elle pourrait se rafraîchir un peu et passer la nuit là, si elle voulait. Il valait certainement mieux qu'elle se repose. Mais elle a refusé, elle voulait absolument aller jusqu'à Starnberg le jour même.

Elle me faisait pitié, et je lui ai donné dix pfennigs pour qu'elle s'achète quelque chose à la boulangerie. "Puisque je ne peux rien faire d'autre pour vous", je lui ai dit. Elle a accepté, reconnaissante. Elle est entrée dans la boulangerie et je l'ai attendue avec les vélos devant la porte. Quand elle est ressortie, elle m'a demandé si je pouvais lui prêter encore un peu d'argent pour s'acheter un peu de charcuterie chez le boucher. Alors je lui ai donné encore trente-cinq pfennigs, pour qu'elle s'achète quelques tranches de saucisse. Elle m'a dit qu'elle n'avait encore jamais rencontré quelqu'un d'aussi serviable que moi et qu'elle ne savait pas comment me remercier. Je lui ai demandé si elle n'avait pas changé d'avis. "Ma proposition tient toujours, vous pouvez tout à fait passer la nuit chez moi." Mais cette fois encore, elle a secoué la tête et m'a dit qu'elle voulait absolument reprendre la route. Elle arriverait bien à faire les trente-cinq kilomètres restants puisqu'elle venait de reprendre des forces.

On a encore marché un peu ensemble, et je lui ai dit au revoir devant chez moi. Je suis resté un moment devant la porte et l'ai regardée s'éloigner sur son vélo. Ensuite je suis monté à l'appartement. Il devait être juste avant six heures et il fallait encore que je lise les documents pour mon exposé. Je n'étais pas en avance.

De quoi elle avait l'air ? Elle portait un imperméable vert et un *Dirndl*, je peux l'affirmer. Ses cheveux ? Elle avait une coupe à la garçonne. Ça lui allait vraiment bien avec son visage fin. Une jolie fille, je dirais.

*

Il était déjà bien tard. Elle ne se souvenait pas qu'aller jusqu'à Munich durait aussi longtemps. Il y a cinq ans, le même trajet lui avait paru bien plus court. S'était-elle trompée à ce point ? Et puis ça ne l'avait pas épuisée comme aujourd'hui. Enfin, si ce type ne l'avait pas suivie à Steingarden, elle aurait pu bien mieux répartir ses forces. Mais là, elle avait pédalé comme si elle avait le diable aux trousses, et juste avant Peißenberg, elle n'en pouvait plus, tout simplement. Elle avait des vertiges, et elle était à bout de souffle. Elle n'avait plus d'air. Il faut dire qu'elle n'avait encore rien mangé de la journée. Elle était épuisée, et c'est ainsi qu'elle est allée s'asseoir sur les troncs d'arbres au bord de la route, au soleil. Mais au bout d'un moment, même la position assise lui était de trop, alors elle s'est allongée. Elle a même failli s'endormir. Elle était tellement fatiguée, elle avait fermé les yeux et se concentrait sur sa respiration.

La nuit dernière, elle avait dormi chez sa tante, à Füssen. Elle était montée sur son vélo juste après le déjeuner, à six heures du matin. Elle lui avait encore emprunté deux marks pour la route, mais finalement elle ne s'était rien acheté à manger.

Allongée là, comme elle reprenait lentement son souffle, elle n'avait pas entendu l'homme venir. Alors, quand d'un coup il lui a adressé la parole, il lui a vraiment fait une grosse frayeur. Il avait un certain âge, il portait des knickerbockers. Il avait un ton gentil, attentionné, il lui a demandé si tout allait bien, si elle avait eu un accident et avait besoin de son aide, et tout le tralala. Sa première réaction avait été de vouloir qu'il la laisse tranquille, qu'il la laisse juste tranquille. Mais ensuite elle avait repensé au type de Steingarden et elle était bien contente qu'il soit là et qu'il veuille faire un bout de chemin avec elle.

Au début du moins, parce qu'après, quand il a insisté pour prendre le raccourci en décrétant qu'elle était encore trop épuisée de son trajet à vélo, et qu'il lui a parlé de sa femme qui passait toute la journée, mais aussi la nuit, à Munich "chez sa cousine" et "à cause de Mussolini", elle l'a trouvé un peu insistant. Il n'a pas arrêté de se rapprocher d'elle, il a comme par hasard passé un bras autour de son épaule, et même sa voix a pris un ton plus familier. Elle l'a trouvé un peu étrange, inquiétant. Elle était bien contente qu'ils rejoignent la route nationale et qu'elle puisse enfin remonter sur son vélo.

A Peißenberg, elle l'a laissé lui acheter à manger. Pourquoi pas ? Comme ça, elle a pu économiser ses deux marks. Mais sa proposition répétée de passer la nuit chez lui, elle l'a refusée tout net. Là, il pouvait lui parler avec toute la sollicitude qu'il voulait, lui donner du "mais mon enfant, vous êtes encore complètement épuisée" et du "je ne peux pas vous laisser poursuivre votre route dans cet état, mon enfant". Ces "mon enfant" par-ci, "mon enfant" par-là l'avaient vraiment agacée. Il n'avait qu'à dire clairement ce qu'il voulait, elle n'était plus une petite fille.

Ça non ! Elle avait elle-même un enfant avec Heinrich. Il avait trois ans maintenant, le petit. Heinrich, ça avait été le fiasco complet. Il n'avait pas payé un seul pfennig de pension, ça ne lui serait même pas venu à l'idée. Mais si elle était honnête, elle savait qu'il ne pouvait tout simplement pas payer. Il savait juste traîner dans les cafés, c'était un petit rigolo. Il avait une grande gueule, et rien derrière. La dernière fois qu'elle a eu de ses nouvelles, ils l'avaient mis en prison. Ils l'avaient arrêté. Elle ne sait pas exactement pourquoi, et elle ne veut pas le savoir. Elle ne veut pas être mêlée à ses histoires. Il lui suffit de savoir qu'il est à Dachau. Le garçon, le petit, elle l'a placé dans une famille. Qu'est-ce qu'elle aurait fait avec un gamin, elle n'avait même pas assez d'argent pour s'en sortir toute seule. Elle voulait réessayer de se trouver une place à Munich. Elle avait déjà tenté le coup il y a cinq ans, elle était restée quelques semaines. Mais à l'époque, les temps étaient bien plus durs. Elle avait entendu dire que c'était plus facile maintenant, et avec le certificat que lui avait fait le docteur Kaiser, elle retrouverait certainement une place de bonne. Elle en était sûre. Elle avait un bon pressentiment, elle sentait que sa vie allait prendre un bon tour. Il fallait bien que ce soit le cas un jour.

Elle venait de se dire qu'il ne serait pas mal d'avoir un endroit où dormir. Elle était fatiguée, ses jambes étaient déjà bien lourdes. Elle avait failli entrer dans la dernière auberge qu'elle avait croisée. Elle aurait dépensé ses derniers sous pour avoir un lit. Mais elle avait changé d'avis à la dernière minute et avait poursuivi son chemin. Elle arriverait bien à destination aujourd'hui encore, elle en était sûre. Après Oderding, ce n'était plus très loin, elle serait bientôt arrivée. Ce n'était plus très loin.

*

Mon nom est Regina Adlhoch. Domiciliée à Unterelleg, commune de Wertach.

Paysanne à la retraite. J'habite à la ferme avec mon fils et ma belle-fille.

Je suis là parce que ma fille Kuni, Kunigunde Adlhoch, elle a disparu.

Kuni est née le 21 août 1915 à Unterelleg.

La dernière fois que je l'ai vue, c'était le 28 septembre 1938.

Jusqu'à début septembre, elle travaillait encore chez le docteur Kaiser à Fribourg. Je saurais pas dire pourquoi elle a abandonné sa place. Je sais pas. Elle est venue à la ferme et elle est restée trois semaines. Elle dormait avec moi dans mon petit appartement. Je crois qu'elle allait pas bien – elle venait toujours chez moi quand elle allait pas bien.

Au bout de trois semaines, elle a voulu repartir. Je lui ai pas posé de questions, je voulais pas lui poser de questions. Le matin du 28 septembre, elle a pris le vélo pour aller chez des parents à nous à Füssen. Elle y a passé la nuit du 28 au 29. Ils m'ont raconté qu'elle s'est levée très tôt le 29 et est partie à vélo pour Munich.

Elle a dit qu'elle voulait chercher une place à Munich.

En temps normal, j'ai des nouvelles de Kuni toutes les trois ou quatre semaines. Mais maintenant ça fait presque trois mois, et toujours rien. Je me fais beaucoup de souci pour elle, elle m'a toujours donné des nouvelles. Toujours.

Le vélo qu'elle avait, elle aurait dû le rapporter à sa sœur à Munich. C'est ce qui était prévu, mais là-bas non plus on ne l'a pas vue.

J'étais moi-même à Munich début octobre. En train, j'y suis allée. C'était le mariage d'une de mes filles, Resi. Elle a épousé un brave gars. J'ai toujours espéré que Kuni, elle viendrait pour le mariage de Resi. Même si elle était toujours en vadrouille, elle viendrait voir sa sœur. J'étais vraiment étonnée de pas voir Kuni à la noce. Elle avait dit qu'elle serait là.

C'est pas la première fois que Kuni s'en va comme ça. Elle était déjà partie à Munich il y a cinq ans. Elle voulait se chercher une place là-bas. Là non plus, elle avait rien dit, et elle avait pas donné de nouvelles. Mais au bout de quatre semaines elle était de nouveau chez nous. Elle rentrait toujours à la maison au bout de quelques semaines, Kuni.

C'est vrai qu'elle est un peu insouciante, faut bien le reconnaître. Mais elle a un bon fond, même si elle arrive pas à se fixer à un endroit. Elle est jamais restée aussi longtemps loin de la maison, sans que j'aie des nouvelles.

Il a dû lui arriver quelque chose parce que comme je vous l'ai dit, jusqu'à présent elle a toujours donné de ses nouvelles toutes les trois ou quatre semaines.

Je me fais beaucoup de souci pour la petite, c'est pour ça que je suis venue, je voudrais lancer un avis de recherche. Comme ça vous la chercherez et peut-être que vous réussirez à savoir où elle est. Si Dieu le veut.

(Suite de l'interrogatoire de Josef Kalteis.)

— *Le jour où Mussolini était à Munich, j'étais chez Kiefer à Obermenzing. Faire la cochonnaille.*

— *J'ai aidé à tuer le cochon, ça m'arrivait d'aller leur donner un coup de main.*

— *Vous voulez savoir ce que j'ai fait ? Je peux vous raconter. Je peux vous raconter ça en détail.*

— *Le boucher qui fait ça à Obermenzing, il me demande toujours si je veux pas lui donner un coup de main. Je fais ça volontiers. Quand t'emmènes un cochon à l'abattoir, il le sent, je peux vous le dire. Il se met à gueuler. Il gueule dès que tu le sors de la porcherie.*

— *Là, il te faut quelques gars pour le tenir, sinon le cochon, il se sauve. Il faut vraiment que tu le tiennes. Pour pas qu'il se sauve. Que tu le tiennes de toutes tes forces.*

— *Tu sens le cochon qui se tortille dans tous les sens, il essaie de s'échapper. T'entends la peur dans ses grognements, la peur de la mort. Tu vois que la peur le fait rouler des yeux. Il bave, tellement il a peur, le cochon.*

— *On l'attache par les pattes de derrière. Il faut lui passer une corde autour des pattes et l'attacher, sinon il se sauve. Après, le boucher arrive et lui donne un coup de hache sur le crâne.*

— Avec le plat, pas avec la tranche. Comme ça, peng !

(Kalteis lève la main et montre aux personnes présentes comment le boucher frappe le cochon.)

— Peng ! Il faut souvent qu'il s'y reprenne à deux fois. Avec le premier coup, le cochon perd l'équilibre. Au deuxième, il a les pattes coupées. Boum !

— Tu vois le cochon s'effondrer, ses pattes le lâchent. Et là, il lui plante son couteau dans la gorge.

— Au niveau de l'artère, là. Le sang, tu le récupères dans une bassine. Il faut remuer pour pas que ça coagule. Tu remues pendant cinq minutes à peu près, jusqu'à ce que ça ait un peu refroidi.

— C'est ce que je préfère, remuer le sang. C'est mon boulot ! J'aime ça !

— Après il faut que t'ébouillantes le cochon pour pouvoir mieux gratter les poils. Les poils de la couenne. Faut qu'il soit propre, le cochon.

— Là, on a de nouveau besoin de tout le monde. Et puis il faut de l'eau bouillante et de la poix, comme ça les poils partent mieux. Le cochon, tu le mets dans l'auge, qui est en bois, et après tu verses la poix et l'eau bouillante. Il faut qu'elle soit presque encore en train de bouillir quand tu la verses. Sans poix et sans eau bouillante, c'est un travail de cochon. C'est pas possible. J'ai essayé, t'arrives juste à gratter un tout petit bout avec un couteau. Pas plus.

— Après tu sors le cochon de l'auge. Ça fait bien trois quintaux, un cochon comme ça. Tu le poses sur une échelle et tu frottes le dos et les flancs avec

une chaîne. C'est ça qui fait le mieux partir les poils.
Et ce qui part pas comme ça, tu le rases avec un
couteau.

— Après tu pends le cochon. Par les pattes de der-
rière, la tête en bas. Accroché à la potence. Là tu
plantes le couteau. Tu l'ouvres de haut en bas.

(Kalteis montre aux personnes présentes comment
il fait.)

— Les entrailles sortent. Faut faire attention de
pas percer l'intestin. Sinon t'as tout qui sort, et c'est
une vraie cochonnerie.

— L'intestin, tu le laves, pour faire les saucisses. Ben,
pour mettre la chair à saucisse, quoi. Mais j'aime pas
trop ça, laver l'intestin. Je préfère remuer le sang ou
donner un coup de main pour découper l'animal.

— Quand le cochon est vidé, tu le coupes en deux
avec la hache. Après tu peux découper chaque moi-
tié.

— Pour les jarrets, tu plantes le couteau à l'inté-
rieur, là. Tu plantes là.

(Kalteis montre sur sa cuisse aux personnes présentes où et comment il plante le couteau.)

— Tu plantes juste là. Si tu le fais plus bas, t'arrives
pas sur l'articulation. Et pour sortir tout le jarret, il
faut que tu trouves l'articulation. Tu coupes tout autour.
C'est pas aussi dur que ça en a l'air, une fois que tu
connais le bon endroit. T'as vite fait de le sortir, le
jarret, faut juste couper au bon endroit. Les tendons,
c'est pas un problème, ça se coupe comme un rien.

— *Ce qui est problématique, c'est quand t'arrives pas au bon endroit, parce que les os, tu peux pas les couper. Une fois que t'as découpé le jarret, tu le tournes légèrement sur l'articulation.*

— *C'est sûr que c'est fatigant, tu transpires bien, mais une fois que tu sais comment ça marche, c'est pas compliqué.*

LUNDI

Lorsque Kathie sort de sa chambre le lundi matin à neuf heures, la vieille Bösl est aux fourneaux et Anna est assise à la table de la cuisine. On dirait qu'elle attend déjà Kathie depuis un moment.

Kathie prend place à côté d'elle. "Tiens, madame se lève aussi ? lui dit Anna. On est pas restées si tard que ça chez Soller hier soir ?" Elle rit et lui fait un clin d'œil. "Ou bien est-ce que c'était trop fatigant de flirter avec le beau blond ?"

La vieille Bösl pose devant Kathie sa tasse de café de malt et un quignon de pain. "Tiens, bois et mange." En poussant la tasse, elle fait déborder le café qui goutte sur la toile cirée. Kathie prend le pain et l'émiette dans la tasse. Elle regarde les petits morceaux s'imbiber lentement du liquide chaud. Avec la cuillère que la vieille Bösl lui a donnée, elle les sort un par un. Anna, assise en face d'elle, regarde Kathie déjeuner.

"T'en as encore pour longtemps ? Parce j'ai pas l'éternité devant moi." Il faut encore qu'elle aille pointer, qu'elle aille chercher ses trente marks de l'Assistance, et il faut aussi qu'elle discute de quelque chose avec Kathie. Anna est pressée, elles se mettent en route dès que Kathie a fini de déjeuner. Elle a juste le temps de prendre son manteau et son sac.

En chemin, Anna lui dit qu'elle doit chercher un autre endroit pour dormir. Sa mère ne veut plus qu'elle dorme chez elle dans l'appartement, puisque la demoiselle revient aujourd'hui, et elle paie bien pour la chambre. Sa mère, elle a besoin de cet argent, elle n'a qu'une petite pension de veuve parce que son père a pas été bien prévoyant. Sa maigre pension et son emploi de lingère ne suffisent pas à payer le loyer.

Kathie trottine à côté d'Anna, elle a du mal à la suivre. Elle ne sait pas quoi faire, ni où aller. Elle ne veut pas aller chez la vieille Lederer. Maria y est déjà, et maintenant chez la vieille Bösl non plus il n'y a plus de place pour elle. Elle le lui avait dit depuis le début, que ce serait juste pour deux nuits, mais où aller maintenant ? "Et chez toi ?" veut-elle demander à Anna. On dirait que celle-ci a lu dans ses pensées. Elle répond à Kathie avant qu'elle n'ait posé la question.

"Chez moi, c'est pas possible, je dors déjà sur le canapé de Mitzi parce j'ai plus de chambre depuis que Luck, mon fiancé, m'a jetée dehors. Le salaud. Mitzi, elle a de la veine, son fiancé, celui de Gelsenkirchen, il lui paie l'appartement. Faut déjà avoir une sacrée chance, pour en avoir un qui te paie l'appartement et t'entretienne, et un autre qui veille sur toi. Ça c'est l'idéal. Enfin, tu pourrais aller à l'auberge Sainte-Marie. T'as deux marks ?"

Kathie, qui trottine toujours à côté d'Anna sans dire un mot, hoche la tête. Oui, elle a deux marks. "Ben alors tu sais où dormir. Et si ça te plaît pas là-bas, t'es une jolie fille, tu te prends un amoureux. Le blond, là, je suis sûre qu'il s'occuperait volontiers de toi. T'aurais un endroit où dormir jusqu'à ce que tu trouves mieux. Me regarde pas comme ça, va, c'était pour rire."

Elles vont jusqu'à l'auberge Sainte-Marie dans la Goethestraße et Kathie s'inscrit pour la nuit. Il faut qu'elle revienne le soir et on lui donnera un lit. Mais pas trop tard, il faut qu'elle soit là vers sept ou huit heures au plus tard si elle veut avoir une bonne place. Demain matin, on lui donnera encore une soupe chaude, et après il faudra qu'elle quitte l'auberge. Personne ne peut rester là pendant la journée. Kathie demande au tenancier de l'auberge ce qui arrive si elle trouve un autre endroit entre-temps. "Si tu viens pas, ben l'argent est perdu. On rembourse pas. Et n'oublie pas d'être là avant dix heures. Sinon t'auras plus de lit."

Kathie sort les deux marks de son porte-monnaie et les pose sur la table. Avant de partir, il faut encore qu'elle signe à côté de son nom sur la liste. Elle se promène encore un peu en ville avec Anna, jusqu'à ce que celle-ci la laisse parce qu'elle a encore une course à faire. Elle ne dit pas de quoi il s'agit, et Kathie ne lui demande pas.

Kathie se promène seule dans Munich. Elle regarde la ville, les vitrines, sans but précis, elle marche simplement dans les rues. A un moment, elle se retrouve dans la Heysestraße, devant la boutique de la famille Hofmann. Elle ne sait pas comment elle est arrivée dans cette rue puisqu'elle a marché sans but précis. Elle hésite encore un peu, ne sait pas si elle doit entrer. Mais ça ne peut pas lui faire de tort. Alors elle entre.

A l'intérieur, tout est comme dans ses souvenirs. Mme Hofmann se tient derrière le comptoir, comme toujours, et Kathie va droit vers elle. "Je suis Kathie, la fille Hertl de Wolnzach", dit-elle pour se présenter. Mme Hofmann a une seconde d'hésitation, puis elle reconnaît Kathie. "Mais oui, mon Dieu, Kathie ! Qui aime tellement les bobines de fil rouge. Kathie ! T'es une grande fille maintenant."

Oui, elle a bien reçu sa lettre, mais ils n'ont malheureusement pas de place à offrir. Les temps sont durs, il faut y réfléchir à deux fois avant d'employer une personne supplémentaire. Mais elle s'est renseignée à droite et à gauche, et monsieur l'avocat, dont l'épouse est une bonne cliente, cherche encore une bonne, une aide de cuisine, et ce serait parfait pour Kathie.

Kathie prend l'adresse que Mme Hofmann lui a notée sur un morceau de papier et promet de se présenter tout de suite chez monsieur l'avocat et son épouse. Mais, en empochant le bout de papier, elle sait déjà qu'elle n'ira pas. Elle n'a aucune envie de devenir bonne ou de travailler en cuisine. Si c'est pour servir les autres, elle aurait tout aussi bien pu rester chez elle à Wolnzach. Mais elle fait semblant de rien. Elle sourit et dit merci à Mme Hofmann pour son aide, bien sûr qu'elle va aller se présenter tout de suite chez monsieur l'avocat.

Mme Hofmann demande encore à Kathie comment ça va chez eux à Wolnzach. Elle répond que sa mère est toujours sur les quatre chemins avec son commerce, et que son père est de plus en plus désagréable. Il a voulu que Kathie parte de la maison. C'est pour ça qu'elle est venue à Munich, dans la grande ville. Elle espérait que ce serait plus facile de trouver quelque chose ici que chez elle, dans son village.

Elle raconte qu'elle a rencontré une fille bien sympathique pendant la récolte du houblon à l'automne, et qu'elle habite chez elle à Munich. Qu'elle a un bel appartement lumineux et qu'elle s'y plaît bien. Elle ne veut plus rentrer. Elle ne veut plus retourner chez sa mère et surtout chez son père, qui est si sévère. Elle remercie Mme Hofmann pour son aide. Et puis elle s'en va, Kathie, avec son bout de papier en poche.

Elle n'est pas encore au coin de la rue qu'elle le froisse déjà. C'est une belle journée ensoleillée à Munich. L'air est encore tiède, presque comme au printemps. Elle s'assied au soleil sur un banc dans le Jardin anglais. Avec, dans la poche de son manteau, le bout de papier froissé. Elle regarde les gens qui se promènent. Rapidement, des garçons viennent s'asseoir à côté d'elle sur le banc. Elle rit, plaisante avec eux. L'un d'entre eux lui raconte qu'il a une moto et que si elle voulait il pourrait l'emmener à la campagne. Kathie est enthousiaste, évidemment qu'elle veut bien. Ils se donneront rendez-vous, il lui note son nom et son adresse sur un morceau de papier pour ne pas qu'elle les oublie. Et ce morceau de papier-là, elle ne le met pas dans la poche de son manteau comme l'autre. Non, elle le range dans son petit sac noir.

Le soir, elle retourne chez Soller. Le blond est là. Anna aussi. Elle laisse le blond lui payer une soupe et, pour dormir, ils prennent une chambre chez Soller.

HERTA

Johann Würth. Je travaille en tant que conducteur de poids lourd pour les établissements Friedrich Fischer. Ça fait déjà bien huit ans que je bosse pour eux. Je vais chercher le lait dans les laiteries.

Je fais la même tournée tous les jours. Je pars à trois heures de l'après-midi du centre de transbordement. Je prends la Landsbergerstraße jusqu'à Pasing. Puis je vais à Freiham, Germering, Gilching, Argelsried et jusqu'à Wessling. A Wessling, je fais ma pause. Parce que j'ai fini la première moitié de ma tournée. Je mange quelque chose. Ma femme me prépare un sandwich à la charcuterie, et puis j'ai aussi une Thermos de thé ou de café. A huit heures, je refais le même chemin pour rentrer à Munich. Mais seulement une fois que j'ai chargé le lait.

Enfin, c'est pas tout à fait le même chemin, mais presque. Quand je repars de Wessling en passant par Gilching, je prends la route nationale. Celle qui va de Wessling à Munich. Je suis déjà passé dans la plupart des laiteries et sur le chemin du retour je m'arrête juste encore à celle de Germering. Je quitte la nationale dès Unterpfaffenhofen et je continue sur la vieille route jusqu'à Germering. Qui est directement sur mon chemin. Je charge le lait, et quand je repars il est déjà neuf heures. C'est comme ça tous les jours. Toujours la même tournée.

La fille sur son vélo, je la vois presque tous les jours sur la route de Germering à Munich. Toujours à la même heure. Elle fait toujours le même chemin. Comme moi. Vous pouvez régler votre montre sur elle. Pour sûr, je me suis demandé ce qu'elle fait. Dans la vie, je veux dire. Puisqu'elle fait toujours le même trajet à la même heure. Je me suis dit qu'elle rentrait certainement du travail. Parce que si elle allait rendre visite à quelqu'un, elle ne passerait pas toujours à la même heure. Parfois on part plus tôt, parfois plus tard, ça dépend. Je la reconnais à sa veste de laine. Elle l'a toujours avec elle. Parfois elle la porte, parfois aussi elle la coince sur son porte-bagages.

Elle est toujours seule. Elle va toujours dans le sens Pasing-Germering. Jamais dans la direction opposée. Je n'ai encore jamais vu quelqu'un l'accompagner, et pourtant je la vois presque tous les jours. Elle a un bon rythme. Ça aussi, je l'ai remarqué. Elle a un bon coup de pédale. Elle avance vraiment bien, cette fille. Elle pédale, attention ! Une sacrée cycliste, je me suis dit.

Je lui aurais donné une vingtaine d'années, vingt-cinq tout au plus. C'est pour ça que je dis "fille". Mais je ne peux pas la décrire plus en détail. Je l'ai jamais vue que tard le soir, et de dos. Mais avec sa veste de laine, je la reconnaissais tout de suite.

C'est une veste sombre, noire ou bleue, je pense. Oui, bleu foncé, ça doit être ça. Une veste en lainage bleu foncé. Une veste traditionnelle.

Mardi, ben, j'ai refait le même trajet, et j'ai de nouveau vu la jeune fille.

C'était au même endroit. En sortant de Germering, juste avant d'arriver sur la route nationale. Je l'ai reconnue tout de suite. A sa veste. Cette fois, elle l'avait mise sur son porte-bagages.

Je n'ai pas pu voir son visage. J'ai pourtant essayé. Mais pour ne pas être éblouie par la lumière des phares, elle se protégeait le visage de la main. J'avais enlevé les pleins phares exprès, mais les feux de mon camion restent assez forts. Je me suis dit : "La revoilà. Toujours à la même heure. Tu peux vraiment régler ta montre sur elle."

Elle était seule encore une fois.

Je l'ai doublée à bonne allure.

Une centaine de mètres devant la fille, donc encore un peu plus près de Germering, j'ai aussi vu quelqu'un d'autre ce jour-là. Sur le bas-côté gauche, il y avait quelqu'un dans la forêt, derrière un arbre. Son vélo gisait dans le fossé. Je l'ai vu distinctement à la lumière de mes phares. Je suis un peu en hauteur dans ma cabine, et on voit bien de là-haut. Et les feux, ils éclairent vraiment bien.

Quand l'homme a été pris dans la lueur des phares, je devais être seulement à une dizaine de mètres de lui. Il se penchait derrière l'arbre en direction de la route. Comme s'il attendait quelqu'un. Il regardait dans la direction d'où venait la jeune fille.

Je me suis dit : "Celui-là, on dirait qu'il guette quelqu'un." C'est du moins ce qu'on aurait dit. Ou alors qu'il observait quelqu'un, sans vouloir être vu lui-même.

Je me suis demandé s'il attendait la jeune fille.

Je l'ai dépassé trop vite pour pouvoir le décrire avec précision. Il avait une casquette de sport, ça, j'en suis sûr. Ce qu'il portait d'autre, je n'en sais rien. Je l'ai dépassé à une certaine vitesse. Je saurais pas non plus dire quelle taille il faisait. Vu qu'il était un peu à l'écart, derrière un arbre, on a vite fait de se tromper. D'autant plus qu'il était penché en avant.

Juste après, j'ai bifurqué sur la route nationale et arrivé sur la Landsbergerstraße, j'avais déjà oublié l'incident, ça ne m'est revenu que quand vous m'avez posé la question.

*

Pour Amalia Ferch, serveuse à l'auberge de la gare de Lochhausen, cette soirée de mardi avait été très calme. Le plus souvent, c'est calme, le mardi. C'est ce qu'elle dira plus tard au fonctionnaire. Le lendemain, les gens travaillent, et à part les habitués il n'y a personne. Ils étaient assis à leur table. Comme toujours. C'est souvent les gens haut placés de la commune. Ils jouaient aux cartes. Ils déposaient les pièces de cinquante pfennigs, de dix et de cinq (pas de pièces de un pfennig), dans les petites soucoupes entre leurs dessous de verre. Ils se retrouvaient presque tous les soirs pour boire un verre ou deux, et menaient de grandes discussions sur la politique, le parti et Dieu sait quoi encore. Ou bien ils se contentaient de jouer aux cartes.

Le vendredi soir, c'était différent, la clientèle était souvent plus mélangée. Les ouvriers venaient de toucher leur salaire et venaient eux aussi boire et jouer aux cartes. Mais ils restaient souvent entre eux, et les mises étaient moins élevées. Dans la semaine, la plupart d'entre eux ne pouvaient se payer qu'une chope de bière à emporter. Ils envoyaient leurs gamins : "Mais dis-lui d'être généreux, hein. Papa a eu une journée fatigante au travail."

Le samedi et le dimanche, le public était encore différent. Les gens venaient de Munich pour la journée, ce n'était pas très loin. Certains à vélo, d'autres en train. Plus rarement, les beaux messieurs-dames avec leur propre automobile. Ils arrivaient et cassaient la croûte ici, les gens de la ville. C'était le samedi et le dimanche qu'on faisait le plus gros chiffre d'affaires. "Le jardin est ouvert et l'après-midi les dames viennent prendre un café et manger un morceau de gâteau fait maison. Les clients commandent aussi volontiers un «ange blond» ou un vin doux de Moselle."

En été, on a parfois des estivants qui viennent de Cologne, Berlin ou ailleurs. Ils arrivent en train et restent quelques jours. Ils visitent Munich, "la capitale du mouvement", et certains viennent exprès pour la fête de la bière.

Ce jour-là, le dernier du mois d'août, a été encore plus calme que d'habitude. Ça arrangeait bien Amalia Ferch, qui pourrait au moins rentrer à l'heure chez elle. Elle travaillait toujours le mardi à l'auberge, et parfois aussi en fin de semaine.

Elle était en train de passer un coup sur les tables et de commencer à ranger la salle. Les derniers joueurs de cartes étaient partis depuis une dizaine de minutes lorsque, vers minuit moins le quart, un homme est entré.

Amalia lui a demandé s'il voulait une bière. Il s'est contenté de hocher la tête. Elle a rempli une chope et l'a apportée à la table.

Elle-même s'est assise à une petite table juste à côté du fourneau. Il attendait certainement le dernier train pour Munich, ce qui signifiait qu'elle devrait rester là encore une demi-heure. Ça ne la réjouissait pas particulièrement. Elle était fatiguée, elle voulait rentrer chez elle. Elle avait mal aux jambes après cette longue journée, et elle avait encore un bon bout de chemin à faire à vélo avant d'arriver chez elle et de pouvoir enfin se mettre au lit.

Elle s'est mise à feuilleter le journal posé sur la table. Du coin de l'œil, elle voyait ce que faisait le client. Il avait un comportement bizarre.

Elle n'arrivait pas à se concentrer sur son article. Elle observait l'homme derrière son journal. Avant de commencer à boire, il s'était levé de sa chaise. Il avait porté la chope à ses lèvres et avait bu debout.

Puis il l'avait reposée sur la table. S'était rassis. Mais n'était resté qu'un court moment sur sa chaise. Il avait repris sa bière, s'était à nouveau levé. Avait bu. Mais cette fois, il était resté debout après avoir reposé la chope sur la table.

Il n'arrêtait pas de se balancer d'un pied sur l'autre. Se dégourdissait les jambes. Amalia avait l'impression que son corps vibrait. La nervosité qu'il dégageait était presque tangible. Elle ne pouvait pas s'empêcher de le regarder. Son journal entre les mains, elle ne cessait de jeter des coups d'œil par-dessus les pages en direction du client. Qui ne remarquait rien, puisqu'elle était assise en retrait. Il regardait droit devant lui. Elle s'est penchée au-dessus de son journal et a pu l'observer de profil. Son nez fort, son menton. Les joues rasées de près. La trace d'une éraflure sur sa joue. Elle a supposé qu'il se l'était faite en se rasant. Le front masqué par une casquette de sport enfoncée sur ses yeux.

Et puis, détail inhabituel par une soirée aussi douce, il portait un manteau. Marron. Elle supposait que c'était du loden, sans ceinture, plutôt un manteau ample. Un pantalon marron. Il devait avoir une trentaine d'années. D'après ce qu'elle pouvait voir, il était mince, de taille moyenne.

Elle était presque gênée de l'observer comme ça. Elle ne pouvait pas s'expliquer cette nervosité. Le client s'était rassis. Il avait l'air de se calmer un peu.

Amalia a recommencé à lire son article.

Tout à coup, l'homme s'est levé et, sans un mot, il est sorti de l'auberge.

Pensant qu'il venait de partir sans payer, Amalia a laissé tomber son journal, prête à poursuivre l'inconnu dehors. Mais en jetant un œil au passage sur sa table et sa chope à moitié vide, elle a vu l'argent qu'il avait laissé à côté de sa bière.

Deux pièces de dix pfennigs, une de cinquante et deux fois un pfennig.

Rassurée, elle a pris l'argent et l'a mis dans son porte-monnaie. Puis elle a emporté la bière. Les unes après les autres, elle a placé toutes les chaises sur les tables, à l'envers, puis a éteint la lumière, a fermé l'auberge et est rentrée chez elle.

Elle n'a plus du tout pensé à ce client et à son comportement étrange.

L'incident ne lui est revenu qu'il y a quelques jours, quand elle a entendu parler de cette histoire avec la jeune fille.

*

Comme Lina Führer l'a déclaré à la police le 1er septembre 1937, c'est vers dix heures du soir qu'elle a entendu les cris.

La veille au soir, le 31 août 1937, vers vingt-deux heures. Elle était montée au premier étage du presbytère. Elle voulait fermer les fenêtres, celles côté Germering. C'était une douce soirée d'été. Elle avait changé d'avis et ne les avait pas fermées tout de suite. Elle s'était penchée à une des fenêtres et avait regardé dehors.

Comme elle l'avait déclaré à l'agent de police, de cette fenêtre on pouvait voir la route nationale. Elle a vu une vingtaine d'autos pendant qu'elle regardait par la fenêtre. Non, elle ne les avait pas comptées, mais elle estimait en avoir vu une vingtaine.

Elle n'est pas restée longtemps à la fenêtre, cinq minutes, peut-être un peu plus. Ça, elle en était sûre. Elle s'apprêtait à fermer la fenêtre quand elle a entendu les cris.

Des cris et des gémissements poussés par une femme. Et juste après, la voix a commencé à dire un Notre Père.

Un Notre Père, elle en était sûre. Elle avait entendu bien distinctement le début de la prière. "Notre Père qui es aux cieux…" La voix était forte. Et c'est la prière qui l'avait fait s'interrompre et tendre l'oreille dans la nuit.

Mais elle n'avait plus perçu que des bribes ensuite, "ton nom… sanctifié", la voix devenant de moins en moins forte, "volonté soit faite…". Jusqu'à être presque couverte par le bruit des véhicules passant sur la route nationale : "la terre… au ciel". Puis elle s'était tout à fait perdue…

Elle était restée encore un moment à la fenêtre. Elle avait tendu l'oreille dans la nuit mais n'avait plus rien entendu. Juste la circulation sur la route toute proche, mais rien d'autre. Elle avait fermé les fenêtres et était descendue au rez-de-chaussée. Elle avait pensé à ces cris et à ces gémissements pendant un bon moment, elle ne pouvait se les expliquer.

Mais les choses qu'elle avait encore à préparer dans la cuisine pour le lendemain avaient tout de même fini par lui faire oublier l'incident. Et lorsqu'elle était allée se coucher, trois quarts d'heure plus tard, elle n'y pensait déjà plus.

Tôt le lendemain matin, avant le premier service, elle avait entendu parler du meurtre. C'est Mesner qui lui en avait parlé, à moins que ce ne soient les paroissiennes ? Elle ne sait plus vraiment car toute la commune était en effervescence. C'est là que ça lui est revenu, les cris et les gémissements et le Notre Père.

Elle est donc allée en parler au curé et il était d'avis qu'elle devait absolument faire part de ses observations à la police. Elle était un peu réticente, elle n'avait pas envie d'être mêlée à quoi que ce soit. Mais le curé lui a dit que c'était son devoir d'aller voir la police et de raconter ce qu'elle avait entendu. Elle était une bonne chrétienne et elle pourrait peut-être venir en aide à l'âme de cette jeune fille, si elle aidait à retrouver le coupable.

Voilà pourquoi elle est venue au poste de police pour raconter tout ça.

(Suite de l'interrogatoire de Josef Kalteis.)

— *Evidemment que j'ai entendu parler du meurtre de Herta et, oui, je la connaissais.*

— *Son frère Franz et moi, on était dans le même club de gymnastique.*

— *Le club de gymnastique d'Eichenau.*

— *Je ne pratique plus vraiment. Mais je vais encore régulièrement boire un verre avec les autres. Ils se retrouvent toujours le vendredi.*

— *Je voyais aussi Herta de temps en temps. Une fille racée, aux cheveux noirs. Elle avait de quoi plaire.*

— *Le meurtre, ce qui lui est arrivé, tout le monde l'a su. Ça s'est répandu comme une traînée de poudre dans la paroisse.*

— *Un type qui fait une chose pareille, il faut le pendre. Le pendre par les couilles et lui couper la queue. Tchac.*

— *Ni une ni deux.*

— *C'est quand même malheureux, j'ai entendu dire qu'elle devait se marier bientôt. Il paraît qu'elle sortait avec un SA.*

MARDI ET MERCREDI

Le mardi, même chose que le lundi. Pendant la journée, Kathie se promène en ville. Elle envisage un instant de chercher quand même une place de bonne. Est-ce qu'elle ne s'est pas un peu trop précipitée en froissant le morceau de papier dans sa poche ? Est-ce qu'elle devrait aller au bureau d'embauche, pour demander où elle pourrait trouver quelque chose ? Finalement, elle abandonne cette idée. Qu'est-ce qu'elle pourrait faire, aller démarcher les hôtels et les pensions pour demander s'ils ont besoin d'une femme de chambre ou d'une bonne ? Mais non, elle n'a aucune envie de devenir bonne. Elle trouvera bien autre chose. Il y avait certainement mieux que servir les gens et se tuer à la tâche pour eux. Il n'y avait qu'à regarder Mitzi, qui y était bien parvenue, et elle aussi elle y arriverait. Mitzi vit très bien de l'argent de son fiancé, celui de Gelsenkirchen. Pourquoi est-ce qu'elle n'essaierait pas elle aussi ? Est-ce que Hans n'avait pas dit qu'elle était vraiment une jolie fille ? La ville l'attire, la belle vie qu'on peut y mener.

Flâner, faire les boutiques, regarder les gens. Elle allait y arriver, elle en était sûre. Est-ce qu'elle ne s'en était pas très bien sortie jusque-là ? Elle n'avait manqué de rien, même sans travail elle avait eu assez à manger et un endroit où dormir. Elle est jeune, elle a la vie devant elle.

Elle se promène en ville. Dans une boutique du centre, elle achète une ceinture vernie. Noire. Elle la met tout de suite autour de la taille. Comme elle l'a vu sur les autres jeunes filles. Les jeunes filles de la ville. Une ceinture à la mode. Elle range l'autre dans son sac à main. La nouvelle est bien plus belle. L'argent, c'est le blond qui le lui a donné. Elle ne lui a rien demandé, non, c'est lui qui lui a donné de l'argent ce matin, pour qu'elle s'achète quelque chose de joli. Ce n'était pas une grosse somme, mais ça a suffi pour acheter la ceinture noire et de quoi manger. Et Kathie est contente.

Le soir, elle retourne chez Soller. Elle y connaît déjà presque tout le monde. Anton "le boiteux", le marchand qui passe tous les soirs avec son panier sur le ventre, lui fait de nouveau les yeux doux. "Voilà notre jolie Kathie ! Tu crois pas qu'on irait bien ensemble, toi et moi ?" lui lance-t-il en la voyant entrer. Il lui adresse un clin d'œil et lui envoie un baiser.

Kathie se moque de lui. "Arrête donc ! T'es bien trop vieux pour moi", lui dit-elle. Et pis tu boites et t'as un œil de verre, et avec tes lacets, on dirait vraiment un crève-la-faim, a-t-elle failli ajouter, mais finalement elle n'a pas osé.

Mitzi est là avec Hans, le brun, et elle s'assoit à leur table. Anna passe juste en coup de vent ce soir-là. Mais c'est drôle même sans elle, juste avec Hans et

Mitzi. Et puis Hans propose à Kathie de passer la nuit chez Mitzi puisque le blond n'est pas venu et que Kathie n'a pas d'autre endroit où dormir. Kathie est bien contente qu'il le lui propose, sa décision est vite prise, et elle rentre avec les deux jeunes gens vers la Mariahilfplatz. Ils partent de chez Soller peu avant la fermeture.

En ouvrant la porte de l'appartement, ils voient que le canapé du salon est déjà occupé par Anna. Elle dort vraiment profondément, Kathie a beau la secouer tout ce qu'elle peut, elle ne se réveille pas. Alors elle les accompagne dans la chambre. Elle prend la place de l'invité, dans le creux du lit, entre Hans et Mitzi.

En pleine nuit, Hans tend la main vers Kathie et elle ne le repousse pas. Elle ne dit rien, ne bouge pas, elle reste juste allongée là, immobile, tandis qu'il la caresse.

*

Sa façon de rester allongée, immobile, frappera plus tard le chauffeur. Le chauffeur qu'elle rencontre chez Soller le mercredi soir.

Il est assis à la table voisine. Il regarde sans cesse la jeune fille assise entre Hans et Mitzi. A leur table, il y a encore un blond qui lui tourne le dos.

La jeune fille regarde constamment dans sa direction et lui, il lui renvoie ses sourires. Boit à sa santé. Ne la quitte pas des yeux. Elle a de longs cheveux bruns. Rassemblés en une tresse. Un visage rond de jeune fille avec des joues roses et de grands yeux sombres.

Une grande bouche, avec des lèvres charnues. Elle lui a plu tout de suite, dès qu'il l'a vue à la table d'à côté.

A un moment, ce soir-là, elle se lève et se dirige vers la porte. En chemin, elle se retourne vers lui. Il a l'impression qu'elle lui sourit, juste à lui. Avec ses lèvres charnues et ses grands yeux bruns. Elle lui fait un signe, un petit hochement de tête, à peine perceptible. Pour qu'il la suive.

Il boit encore quelques gorgées de bière avant de sortir. Elle l'attend. Il se sent gauche, ne sait pas comment l'aborder. Il finit par lui demander si l'homme à sa table, le blond, est avec elle. "Non, c'est juste quelqu'un que je connais. Il vient souvent chez Soller.

— Alors tu pourrais t'asseoir à ma table. Qu'est-ce que t'en penses ?

— Non, viens toi t'asseoir avec nous.

— Tu crois que les gens à ta table seront d'accord ?

— Hans voudra bien. Je serais bien venue m'asseoir à ta table, mais Hans m'a dit d'attendre. Que si je te plaisais, tu viendrais t'asseoir avec nous. Que c'est comme ça que ça marche." En parlant, elle joue avec sa tresse sur son épaule. Elle la fait glisser entre ses doigts. Sans le quitter des yeux. Avec un sourire.

"Je retourne à l'intérieur. Attends un peu avant de venir."

Il fait comme elle lui a dit. Il reste planté au beau milieu du trottoir devant le café. Il attend, compte jusqu'à soixante, comme le font les enfants quand ils jouent à cache-cache, puis il retourne s'asseoir à sa place. Il finit sa bière et, en buvant, il regarde en direction de la jeune fille.

Il met la main à sa poche, sort de l'argent pour payer sa bière, compte les pièces et les pose à côté de son verre. Ensuite seulement il va à la table d'à côté.

Est-ce qu'il peut s'asseoir ? Sa propre voix lui paraît gauche, étrangère. Et le brun lui répond : "Bien sûr, installe-toi, si t'es un homme. T'étais bien seul à ta table. Tu peux tout aussi bien discuter avec nous."

Il lui cède même sa place, pour que le chauffeur soit directement à côté de la jeune fille. Ils passent la soirée à parler ensemble.

Elle lui raconte qu'elle vient de Wolnzach. Que son père cultive le houblon, que sa mère fait du commerce. Elle lui dit qu'elle cherche une place à Munich. Qu'à Wolnzach, elle se sentait trop à l'étroit. En dernier, elle y travaillait dans un hôtel. Ce qu'elle ferait volontiers aussi à Munich. Normalement, elle aurait dû habiter chez une parente. C'est ce qui était prévu, mais elle ne pouvait pas la loger, alors Hans et Mitzi lui ont fait une petite place. Ils habitent Mariahilfplatz.

Elle parle, et lui, il n'arrête pas de la regarder. Il regarde ses grands yeux sombres et ses lèvres charnues. Elle a de belles dents. Sa voix est douce, agréable.

Elle n'arrête plus de parler. Elle parle de chez elle, à Wolnzach, de son père qui ne voulait plus qu'elle reste chez lui, elle lui dit que c'est pour ça qu'elle veut se chercher une place.

Ce n'est que bien plus tard qu'il lui demande comment elle s'appelle. Katharina. Katharina Hertl. Mais il peut aussi l'appeler Kathie, tout le monde l'appelle comme ça.

Ils restent tard ce soir-là, jusque vers minuit. Le chauffeur demande à Kathie s'il peut la raccompagner jusque chez elle, Mariahilfplatz. "J'ai rien contre." Dehors, le ciel est tout étoilé. L'air froid a déjà une odeur, un goût d'automne. Ils passent par le Viktualienmarkt, devant les stands fermés. Hans et Mitzi les précèdent.

Au début, le chauffeur se contente de marcher à côté de Kathie, mais ils sont à peine arrivés dans la Reichenbachstraße qu'elle lui donne déjà le bras car elle a un peu froid, et ils traversent le Reichenbachbrücke étroitement enlacés. Près des foyers de la Ohlmüllerstraße, Hans se retourne vers eux. Il leur lance par-dessus son épaule : "Bon, c'est l'heure de se dire au revoir."

Kathie s'arrête. Elle s'approche tout près du chauffeur. Elle chuchote à son oreille, lui demande s'il va revenir chez Soller le lendemain. Il sent son souffle chaud sur sa peau. Il l'entend prononcer "à neuf heures". Et comme il hoche la tête, Kathie l'embrasse pour lui dire au revoir. Il sent ses lèvres sur les siennes. Douces, chaudes et pleines.

ERNA

Je travaille aux usines BMW à Munich. Au rodage. Je m'appelle Georg Spielberger. Je suis le fiancé d'Erna.

Erna et moi, on s'est connus en février, au bal de la brasserie Salvator. C'était le 3 février 1934, le samedi du carnaval.

Je mentirais si je disais qu'elle ne m'avait pas plu tout de suite. Elle m'a plu aussitôt que je l'ai vue. J'étais avec Arthur Vogel, un ami, et quelques autres gars. On était tous déguisés en ramoneurs. "Pour que les filles nous embrassent, parce que ça porte bonheur." C'était l'idée d'Arthur, il a toujours des idées comme ça. Erna, elle était là avec une amie.

Elle est venue à notre table, elle connaissait Arthur. C'est son frère qui le lui avait présenté. Elle m'a plu tout de suite. Elle était déguisée en Pierrot, elle avait un petit bonnet sur la tête et s'était dessiné un cœur rouge sur la joue.

Les deux jeunes filles se sont assises à notre table. J'ai fait en sorte qu'elle soit à côté de moi, je ne voulais laisser aucune chance aux autres. Je l'ai plus quittée des yeux de toute la soirée et je n'ai dansé qu'avec elle.

Quand elle m'a dit qu'elle travaillait au bureau des usines BMW, je me suis exclamé : "Pas possible. Moi aussi je travaille chez BMW."

"C'est une blague ! Je te crois pas", elle m'a répondu.

Il a fallu qu'Arthur, qui était debout derrière moi, le lui confirme, sinon elle ne m'aurait pas cru.

Et puis elle a dit : "Bizarre qu'on se soit jamais croisés à la cantine ou autre part dans l'usine.

— Oui, c'est bizarre, en tout cas je t'aurais remarquée tout de suite, je lui ai répondu. Une belle fille comme ça, ça saute aux yeux."

Elle a éclaté de rire. Elle aime rire. C'est quelqu'un de joyeux. Une fille pas compliquée pour un sou. C'est pour ça qu'elle m'a plu tout de suite. Et en plus, elle est jolie. Avec ses longs cheveux foncés. Ses yeux noirs. Elle a vraiment les yeux tout noirs, et quand elle rit ils lancent des étincelles. Et puis elle a une petite bouche en cœur tout effrontée. Et on voit toutes ses dents quand elle rit.

Je l'ai accompagnée au tramway de la ligne un près du Landsbergerbrücke. Avant qu'elle monte, j'ai rassemblé tout mon courage, je l'ai prise dans mes bras et je l'ai embrassée. Je me suis dit que c'était la fille que je cherchais et que je ne la laisserais pas partir.

On s'est revus dès le lendemain et après ça, tous les jours. Au travail, déjà, et quand j'ai fini je l'attends toujours à l'entrée de l'usine.

Les filles de la comptabilité, les collègues d'Erna, elles me connaissent toutes. Et quand ça lui arrive de terminer un peu plus tard, je monte au bureau pour l'attendre.

Après le travail, on va au cinéma, on se promène ou bien on rentre tout simplement chez moi. J'habite encore chez mes parents, et le jour où Erna a remarqué que ma mère rentre toujours assez tard du travail, elle m'a dit : "Tu sais quoi ? C'est moi qui vais te faire la cuisine." Et c'est ce qu'elle a fait. Erna est bonne cuisinière.

Souvent, le samedi, mais parfois aussi pendant la semaine, elle reste dormir à la maison. Quand on n'arrête plus de parler et de se raconter des choses, et qu'il est déjà très tard. Ou alors quand on est allés au cinéma.

Elle aime aller au cinéma, Erna, alors on va voir presque tout ce qui sort. Elle est capable de chanter les chansons de tous les films. Elle les entend une fois et elle sait déjà les chanter. Elle a une voix magnifique, Erna. J'aime beaucoup l'écouter. Et je lui ai déjà dit souvent : "C'est fou que tu te souviennes de tout. T'as entendu ces chansons qu'une seule fois, moi j'en serais incapable. Vraiment."

Alors elle rit et secoue la tête. "C'est pas compliqué."

Non, on ne se dispute jamais. Il nous est arrivé d'avoir une discussion un peu vive, toujours pour des petites choses, mais on ne s'est jamais vraiment disputées.

Samedi dernier, elle est venue chez moi vers cinq heures et demie. On est sortis vers sept heures. On a pris le tramway pour aller en ville.

Erna voulait absolument aller à l'auberge Buttermelcherhof car son amie y est serveuse. Son prénom, c'est Fanny. Je ne connais malheureusement ni son nom de famille, ni son adresse. Erna m'a raconté qu'elle et Fanny étaient allées ensemble à l'école, et qu'elles étaient amies depuis. Tous les matins, Erna passait chercher Fanny, qui habitait sur le chemin de l'école. Erna m'a raconté que c'était une famille nombreuse, et ils avaient un bouc qu'un des frères de Fanny lançait toujours à la poursuite des filles.

Arrivés à l'auberge, on a échangé deux mots avec Fanny, mais on a préféré repartir, parce qu'il y avait vraiment trop de monde. On a quand même essayé d'avoir une place assise, mais on a vite vu que c'était sans espoir, et on est ressortis au bout de quelques minutes.

J'ai proposé à Erna d'aller au cinéma, mais elle n'avait pas envie ce soir-là, et on est allés danser à la Wartburg, Auenstraße. Erna a dansé toute la soirée avec moi, et avec personne d'autre. On n'a presque manqué aucune danse. J'avais l'impression qu'Erna n'avait jamais été aussi belle que ce soir-là. Elle portait sa robe rouge à pois blancs et son collier en soie jaune avec les petites perles. Je le lui ai offert pour son anniversaire. Le 13 août, deux jours avant l'Assomption. On s'est également fiancés ce jour-là, Erna et moi.

Il était environ onze heures et demie quand on est ressortis du café. On a marché jusqu'au Ludwigsbrücke. Arrivés là, on s'est assis sur le banc.

J'avais passé mon bras autour de ses épaules et elle s'appuyait contre moi. On est restés un bon moment sur le banc. On avait encore le temps avant l'arrivée du tramway.

On était convenus que le lendemain, le dimanche, elle viendrait chez moi avant deux heures. On voulait aller chez des amis communs à Pasing, pour la fête populaire.

"Tu préfères pas rester ici, ou bien que je te raccompagne jusqu'à la maison ?" j'ai demandé à Erna, mais elle s'est moquée de moi, elle m'a dit que j'étais un trouillard et qu'elle pouvait faire le chemin les yeux bandés.

"Les rues sont bien éclairées et puis c'est pas si loin que ça, jusque chez moi. Tu me connais, je marche vite, ça me prend même pas un quart d'heure.

— D'accord, mais à cette heure-là, y a plus personne dehors.

— Justement, alors j'ai aucune raison d'avoir peur. Tu devrais refaire tout le chemin à pied pour rentrer à la maison et c'est moi qui aurais peur pour toi."

Elle a ri en disant ça. Soudain je ne savais plus si elle riait avec moi ou de moi. Alors je l'ai embrassée.

On s'est levés et on est allés jusqu'à l'arrêt de tramway. On est tombés sur Walter Schnabl, un copain d'école. Lui aussi attendait le tramway avec son amie. Je crois qu'elle s'appelle Hilde, mais je n'en suis pas sûr. Je ne l'ai vue qu'une fois. J'étais content et soulagé qu'ils fassent au moins un bout de chemin avec Erna. Walter raccompagnait son amie chez elle et il a dit qu'ils seraient dans le tramway avec Erna jusqu'à Marienplatz. Après il fallait qu'ils prennent la ligne six. J'ai redemandé à Erna si elle ne voulait pas que je la raccompagne, mais elle a secoué la tête en riant. Et puis le tramway est arrivé, ils sont montés tous les trois. Erna a choisi une place à la fenêtre et elle m'a fait signe de la main. Moi aussi je lui ai fait signe et je suis resté là jusqu'à ce que le tramway démarre. Quand il a tourné au coin de la rue, j'ai fait demi-tour et je suis rentré chez moi à pied.

*

Vous avez entendu, vous aussi ? Pour la demoiselle Schmidlechner ? Paraît qu'on la recherche. Erna.

Elle est portée disparue. Elle est pas rentrée dans la nuit de samedi à dimanche. Ses parents, ils sont déjà tout désespérés. Ils l'ont déjà cherchée partout.

L'était allée en ville. Elle a vu son fiancé et pis le soir elle est pas rentrée à la maison.

Il a dû lui arriver quelque chose à Erna. Qu'elle soit pas rentrée. C'est pas son genre. Quelqu'un d'aussi consciencieux. Elle travaille à la comptabilité chez BMW. Comme son père et ses frères, ils travaillent tous aux usines. Et son fiancé aussi. J'ai entendu dire.

Au début, les parents ont pensé qu'elle était restée en ville chez son fiancé. Il paraît qu'il lui arrivait souvent de passer la nuit chez lui. En ville.

Alors ils se sont pas inquiétés qu'elle rentre pas. Le samedi.

Mais comme elle était pas au bureau le lundi, et que ni son père ni son fiancé savaient où elle était, ils sont allés à la police.

Ils ont signalé sa disparition et depuis ils cherchent Erna.

Ils veulent même la chercher avec des chiens, la police pense qu'il s'agit d'un crime.

Il paraît qu'un homme lui avait demandé plusieurs fois si elle voulait pas monter dans son auto. Elle en avait parlé à sa mère, c'est sa tante, Mme Huber, qui me l'a dit. Mme Huber qui habite Rehstraße, vous la connaissez peut-être.

J'ai aussi entendu dire que ça pourrait être un règlement de comptes.

On raconte qu'y a des gens qui ont été envoyés à Dachau à cause d'elle. Des communistes. Il paraît qu'elle en a dénoncé. Mais il y a rien de sûr.

Et puis je veux pas vraiment en savoir plus, on a vite fait de se retrouver impliqué dans quelque chose et après on finit soi-même à Dachau. Ils avaient certainement quelque chose à se reprocher.

*

Theresa Pirzer l'a d'abord appris par sa mère, quand celle-ci est rentrée des courses. "Erna Schmidlechner a disparu. Elle est pas rentrée à la maison depuis samedi. Ils la cherchent déjà partout. La police la cherche même avec des chiens." Elle n'arrivait pas à y croire, elle avait encore vu Erna dans la nuit de samedi à dimanche ! Elle a couru chez la mère d'Erna.

Elle voulait savoir si c'était vrai ce qu'on disait, si Erna n'était vraiment pas rentrée à la maison. Après seulement elle est allée à la police.

Oui, c'est ça, elle avait vu Erna le samedi. Elle rentrait chez elle avec le même tramway, de la ligne six, vers une heure dix du matin. Ce samedi soir, Theresa Pirzer était allée à la brasserie Winzerer avec son mari, et en montant dans le tramway, elle avait vu Erna.

A part elle, son mari et Erna, il n'y avait qu'une autre personne, un homme, dans le tramway de Milbertshofen. Elle en était sûre. Mais elle ne le connaissait pas.

Ils se sont assis avec Erna et ont échangé quelques mots. Elle leur a raconté qu'elle était en ville chez son fiancé. Qu'ils étaient allés danser. Que c'était bien.

Arrivés au terminus, tout le monde est descendu. L'homme est parti dans la direction opposée, de ça aussi elle était sûre.

Juste après être sortis du tramway, ils ont dit au revoir à Erna. Son mari et elle ont récupéré leurs vélos. Ils les avaient laissés là pour ne pas avoir à rentrer à pied jusque chez eux.

Ils ont revu Erna à hauteur du cimetière de Milbertshofen, dont le portail était ouvert, ils sont passés à côté d'elle à vélo. Juste au moment où ils dépassaient Erna, à la même hauteur, ils ont vu un vélo d'homme appuyé contre un réverbère. Deux hommes se tenaient un peu à l'écart. Elle a trouvé ça étrange, alors elle s'est retournée et elle a vu que l'un d'entre eux disait quelque chose à Erna. Theresa Pirzer a vu Erna tourner la tête vers les deux hommes puis continuer son chemin sans plus faire attention à eux.

Selon elle, ils avaient une trentaine d'années, mais elle ne veut pas être trop affirmative.

A hauteur de l'usine des Süddeutsche Bremsenwerke, tout près du kiosque à limonade, elle s'est retournée encore une fois pour voir Erna.

Elle l'a vue qui marchait seule vers le domicile de ses parents. Plus aucune trace des deux hommes.

Peu après, elle a encore vu une famille du quartier qui rentrait à la maison, avec un landau.

Aujourd'hui, après avoir parlé à la mère d'Erna et avant de venir témoigner au poste de police, elle est passée voir cette famille. Ils lui ont confirmé avoir vu une jeune fille en robe rouge. Seule. C'était un peu avant le kiosque. Ils en sont sûrs. Elle leur a aussi parlé des deux hommes. Mais ils ne les avaient pas vus.

S'il était arrivé quelque chose à Erna, ça ne pouvait être qu'à hauteur de la carrière, juste derrière l'usine, elle en était sûre. Puisque tout le chemin est éclairé par les réverbères et elle ne peut pas imaginer que même ces deux hommes puissent attaquer quelqu'un en pleine lumière.

*

Soudain, le type était là. Campé devant elle. Sa casquette de sport enfoncée sur les yeux, le sourire insolent. Encore plus large qu'avant. Il lui avait déjà adressé la parole tout à l'heure, il n'y a même pas cinq minutes. Là aussi, il souriait. Il y avait un autre type à côté. Mais plus aucune trace de lui maintenant. Il n'y a plus que celui à la casquette de sport.

Il avait dit quelque chose quand elle était passée près de lui. Elle n'avait pas bien entendu. Et elle ne voulait pas savoir ce que c'était. Mais elle s'était retournée, et il lui avait fait un grand sourire.

"Imbéciles !" avait-elle pensé. Elle avait entendu un rire dans son dos. Elle avait pressé le pas. Non, elle n'avait pas peur. La rue était bien éclairée et puis elle n'était pas toute seule. Theresa Pirzer et son mari, sur leurs vélos, étaient encore à portée de voix.

Mais tout à coup elle aurait quand même bien voulu que Georg l'ait accompagnée. Elle n'aurait pas dû l'en dissuader. Mais après, il aurait dû faire ce long chemin à pied pour rentrer chez lui. Non, le mieux aurait été de rester chez lui cette nuit. Oui, ç'aurait été mieux. Elle regrettait de ne pas l'avoir fait.

Elle était encore en train de penser à Georg quand le type à la casquette l'avait dépassée à vélo. Et arrivée à hauteur de l'usine des Süddeutsche Bremsenwerke, elle a croisé ce couple avec leur enfant. Elle s'est demandé pourquoi ils étaient dehors aussi tard avec un petit. Il était dans son landau. La mère poussait, le père marchait à côté. Elle les a croisés juste avant le kiosque à limonade.

Elle le connaît très bien, ce kiosque. Elle était apprentie dans cette usine. Presque tous les jours, elle venait s'y acheter quelque chose à la pause de midi. Les autres filles se moquaient déjà d'elle. Elle achetait toujours la même chose. Tous les jours. Un beignet. L'intérieur, la pâte et la confiture, elle le mettait toujours de côté. Et elle le remplaçait par de la saucisse.

Bizarre qu'elle pense à ça maintenant. Après son apprentissage, on ne lui avait pas proposé de place. Elle n'avait plus jamais acheté de beignet ici. Maintenant, elle l'achète à la cantine du travail. Mais elle le vide toujours pour y mettre de la saucisse. Les filles de la comptabilité chez BMW, elles trouvent ça aussi drôle et absurde que ses camarades d'apprentissage.

Elle repense à tout ça et ne fait pas attention au type à la casquette. Elle n'a pas remarqué qu'il a posé son vélo à côté du kiosque et qu'il lui barre le chemin.

Campé là, avec son grand sourire.

"Alors, t'as du temps à me consacrer maintenant ? J'ai renvoyé mon copain chez lui.

— Fiche-moi la paix !

— Pourquoi être si désagréable ? Viens là, si tu te tiens tranquille, il t'arrivera rien. J'en ai besoin là tout de suite, allez hop, pas de manières. Toi et ton gros cul. Il m'a plu tout de suite.

— Laisse-moi tranquille, espèce de salaud. Dégage !
Tu m'intéresses pas !"

Elle essaie de passer à côté de lui.

Lorsqu'elle arrive à sa hauteur, il lui saute à la gorge.

C'est si rapide et soudain, elle ne s'y attendait pas du tout.

Elle se débat. Elle ne se laisse pas faire. Elle lui donne des coups de poing. Il est plus fort qu'elle mais a du mal à la maîtriser. Puis il l'entraîne par terre. "Arrête, ça m'excite encore plus. Salope !"

Elle tente tout ce qu'elle peut. Elle se tortille dans tous les sens. Envoie des coups de poing. Essaie de le griffer, de le mordre. "Défends-toi, défends-toi, défends-toi", voilà tout ce qu'elle se dit.

"Salaud. Laisse-moi tranquille !

— Ferme-la ou je te tire une balle ! Tu vas la fermer ?"

Elle ne la ferme pas. Elle ne veut pas la fermer. Elle veut se défendre. Elle sent un objet froid et métallique sur sa nuque. Puis une douleur qui lui fait presque perdre connaissance.

Elle veut continuer à se débattre. A donner des coups. Elle ne veut pas s'avouer vaincue. Malgré la douleur. Elle veut, elle veut, elle veut…

Mais ses bras et ses jambes ne lui obéissent plus. Elle ne peut plus faire un mouvement, elle ne peut plus bouger. Elle ne peut plus bouger ! Elle est prise de panique. Qu'est-ce que ce salaud lui a fait ? Qu'est-ce qu'il a fait ?

Elle hurle. Hurle. C'est la seule chose qui lui reste. Elle hurle, couchée par terre derrière le kiosque. Elle hurle car sa vie en dépend. A cause de la douleur. Malgré la douleur. Hurler tant que c'est possible. Hurler. Hurler.

Le couple à vélo, la famille, la mère, le père, l'enfant, il faut bien que quelqu'un l'entende. Il faut que quelqu'un l'entende !

Le type n'en a pas fini avec elle. Elle sent son corps sur le sien.

Elle a l'impression qu'il pèse une tonne. Elle n'arrive pas à le repousser. A se débarrasser de lui. Elle ne peut pas faire un mouvement. Ne peut pas bouger.

Salaud, salaud, salaud !

Il a quelque chose à la main. Un bout de tissu. Elle le reconnaît.

C'est le tissu blanc de sa culotte.

Le salaud lui a enlevé sa culotte.

Il la lui enfonce des deux mains dans la bouche.

Elle ne peut pas se débattre. Elle est couchée là et n'arrive pas à se débattre. Il lui enfonce la culotte au fond de la gorge. Ses hurlements sont étouffés.

Elle sent l'envie de vomir. La douleur dans sa gorge. Elle sent qu'elle n'arrive plus à respirer. Elle essaie désespérément de respirer. De l'air ! L'air devient de plus en plus rare. Elle essaie désespérément d'avoir de l'air. De l'air !

Elle ne peut pas crier. Pas crier. Pas respirer. Pas. Pas d'air. Pas.

JEUDI ET VENDREDI

Le chauffeur arrive chez Soller dès huit heures et demie. Une demi-heure avant son rendez-vous. Il avait hâte de revoir la jeune fille. Il n'avait rien fait de sensé de toute la journée. Il avait abandonné des tâches en plein milieu, les remettant à plus tard. Il est parti de chez lui peu après six heures. Il a fait à pied tout le chemin jusqu'au Tal. Il ne prend pas le tramway pour ne pas être encore plus en avance.

Au café, il n'a pas besoin de la chercher longtemps. Elle est à la même table que la veille. Ils sont tous là, Hans est assis entre Kathie et Mitzi. Même le blond est assis à la même place, c'est comme s'ils n'avaient jamais quitté l'endroit.

Il est à peine sur le seuil de la porte qu'elle l'a déjà vu. Elle se lève d'un bond et vient à sa rencontre.

"Pourquoi t'es déjà là ? Je t'attendais pas si tôt. Viens t'asseoir avec nous." Elle ne le laisse pas dire un mot. Elle rayonne. Ses yeux brillent de joie. Il sent qu'elle le prend par la main. Sa main est douce et chaude dans la sienne. Lui, il hésite encore un peu, il veut d'abord retirer sa main. Mais finalement il la laisse l'emmener vers les autres. Il s'assoit juste à côté d'elle.

Elle lui parle de nouveau toute la soirée. Les mots jaillissent de sa bouche. Elle était à la fête de la bière aujourd'hui. Est-ce qu'il y est déjà allé ? Elle est allée sur les montagnes russes. C'était incroyable. Elle a crié fort, ça fait tellement bizarre dans le ventre quand le wagon descend à toute allure. Ça fait comme un chatouillis, difficile à décrire. Elle est aussi allée sur les nacelles. "Je me suis balancée, balancée jusqu'au ciel. Encore un peu et je m'envole dans les nuages, comme un oiseau, j'ai pensé. Tellement j'étais légère. Evidemment que je sais que c'est pas possible. Mais quand on se balance aussi haut, on se sent tout léger et on a vraiment l'impression, même si ce n'est que pour un instant, une fraction de seconde, un battement de cil, qu'on est en train de voler. Tellement on a le cœur léger."

Elle a chaud d'avoir autant parlé. Elle a les joues rouges et ses yeux sont encore plus brillants. Elle s'est balancée comme quand elle est partie en pèlerinage avec sa marraine. Quand elle était toute petite. Elle raconte tout ça au chauffeur.

Elle était partie chez sa marraine avec sa mère. Elle n'avait pas dix ans. Ensuite, de chez la marraine, elles étaient allées jusqu'à Eichelberg. "C'est vraiment loin. Il faisait encore noir quand on est parties, c'était avant l'aube. On a marché dans la nuit, jusqu'à l'église. Et quand on est arrivées, il faisait toujours noir." Elles étaient entrées dans l'église, avec tous les autres pèlerins. Elles avaient quitté l'obscurité et la nuit pour entrer dans l'église, éclairée d'innombrables cierges. Elle avait eu l'impression que les cieux s'ouvraient.

Qu'elle entrait au paradis. Elle lui raconte tout ça. Tellement c'était illuminé. Et ensuite, après la messe, elles étaient allées à la fête foraine. Et elle avait eu le droit d'aller sur les chaises volantes et les nacelles. Et les stands ! Elle était passée d'un stand à l'autre avec sa marraine. Elle ne se lassait pas de tout regarder. Elle ne pouvait pas à dire ce qui avait été le plus beau ce jour-là, des cierges dans l'église ou de la fête foraine.

Tandis que la jeune fille parle sans discontinuer, le chauffeur n'arrête pas de la regarder. Et à chaque phrase qu'elle prononce, elle lui plaît davantage. Son visage rond, sa voix, tout en elle lui plaît. Il est simplement assis là à la regarder. Il est assis là sans dire un mot, et il ne la quitte pas des yeux. Il n'écoute que le son de sa voix. Si douce et chaude. Il la regarde dans les yeux, il a envie de la toucher, de sentir son corps chaud tout près du sien. Il a un peu peur qu'elle puisse lire dans ses pensées en le regardant, et en même temps c'est ce qu'il souhaite le plus au monde. Ils quittent le café tard dans la soirée. Il est bien minuit passé lorsque Kathie, comme le mercredi, rentre accompagnée du chauffeur en passant par le Viktualienmarkt. Ils prennent le même chemin que la veille. Mais cette fois, il la prend tout de suite par la taille. Et ils s'embrassent plus longuement pour se dire au revoir. Ils ont l'intention de se voir dès le lendemain midi. Près du kiosque du Reichenbachbrücke cette fois. Il la repère de loin comme elle l'attend près du kiosque à journaux. Kathie. Avec son manteau vert ouvert sur sa robe bleue et sa ceinture vernie. Coiffée de son chapeau bleu. Tout petit, plutôt comme un bonnet. Une légère brise ramène sans cesse les rubans clairs vers son visage. Elle est là, seule, et elle l'attend.

Il s'immobilise, l'observe de loin, sans être vu d'elle, il hésite, avance enfin vers Kathie. Elle l'enlace, le serre contre elle et l'embrasse. Ses lèvres douces et chaudes sur sa bouche.

"Viens, je t'emmène chez moi. J'ai une cabane en rondins à Waldperlach. Viens", lui dit-il. Kathie le regarde, hoche la tête. Il prend sa main dans la sienne. Main dans la main, ils marchent jusqu'à l'arrêt de tramway. Ils vont jusqu'à la gare de Giesing puis prennent le train en direction de Neubiberg. Dans le train, elle lui dit qu'elle ne l'a pas attendu longtemps. Cinq minutes, pas plus. Car elle s'est levée à onze heures aujourd'hui. Non qu'elle ait dormi aussi longtemps, mais elle s'est levée tard. Qu'est-ce qu'ils ont ri, chez Hans et Mitzi ! Hans et elle n'avaient pas arrêté de se taquiner. Il avait voulu un baiser. En échange de quoi, il arrêterait de tirer la couverture à lui. Mitzi les observait en riant.

Ils passent tout l'après-midi dans la bicoque. Le chauffeur et Kathie. Ils sont assis sur la terrasse, au soleil. Il passe son bras autour d'elle, l'embrasse. Elle le taquine, lui demande s'il s'imagine qu'elle est comme les autres. Celles qui, chez Soller, montent dans une chambre avec des hommes. "Parce que je suis pas comme ça, moi."

Mais non, il ne la prend pas pour une de ces filles, qu'est-ce qui lui fait croire ça. Mais il ne comprend pas pourquoi elle ne loge pas chez sa famille. Sa famille à Munich, dont elle lui a parlé tout au début. Ce ne serait pas plus simple pour elle de dormir là ? Au lieu d'habiter chez Hans et Mitzi ?

Elle le regarde dans les yeux, mais ne répond pas. Il caresse son visage. Embrasse tendrement sa bouche, son cou, sa nuque. Ses mains glissent sur ses épaules, descendent vers sa taille.

"Non, je suis pas comme ça. T'as pas besoin d'avoir peur. Je suis encore jamais montée avec quelqu'un chez Soller, je suis encore jamais allée avec personne." En le suivant à l'intérieur, elle lui dit qu'elle est encore vierge. Il ne la croit pas. Mais ça lui est égal.

Ils ne disent pas un mot. Ils se déshabillent en silence. Il pose sa veste sur le dossier de la chaise. Il ôte ses autres vêtements, les plie soigneusement et les pose également sur la chaise. Elle se déshabille elle aussi, se glisse rapidement dans le lit qui occupe un coin de la pièce. Elle sent le lin repassé et amidonné sur sa peau nue. Elle attend qu'il vienne la rejoindre. Il se couche tout contre elle. Elle sent son souffle sur sa peau. Ses mains sur son corps. Le mince filet de lumière qui entre par la petite fenêtre de la pièce donne une lueur blanche à sa peau. Il a l'impression que cette blancheur éclaire la pièce. Il caresse son visage, son corps. Il inspire profondément. Il ferme les yeux, se concentre sur les sensations, les odeurs. Sur son corps à elle, son odeur.

Elle est allongée sur le lit, immobile.

Tandis qu'il caresse ses seins, son dos, ses jambes.

Tandis qu'il embrasse sa bouche, son cou, ses seins. Ses seins blancs et fermes de jeune fille.

Tandis qu'il s'allonge sur elle, sent son corps chaud sous le sien.

Tandis que sa main descend vers son sexe, qu'il l'embrasse.

Tandis qu'il la touche. Que sa main écarte doucement ses jambes.

Tandis qu'il la pénètre. Qu'il sent tout entier son
corps chaud et humide.

Elle le laisse faire, immobile.

C'est de ça qu'il se souviendra plus tard.

Après avoir couché avec elle, il se lève. Il s'habille
comme il s'est déshabillé tout à l'heure, sans un mot.
Il enfile son pantalon, sa chemise, ses chaussettes,
ses chaussures.

Il sort dans le jardin. Il sort sans se retourner. Il va
travailler.

Kathie reste allongée sur le lit.

Quand il revient, elle est assise à la table de la
cuisine. Elle a remis la robe bleue et la ceinture
vernie noire. Il est frappé par sa façon de porter
cette ceinture, très haut. Presque sous les seins. Son
portefeuille est devant elle, sur la table. Elle l'a pris
dans la poche de sa veste, sans lui demander. Dans
ses mains, les photographies qui l'accompagnent
partout dans son portefeuille. Elle regarde les photos. Elle les fait défiler dans ses mains les unes après
les autres. A la voir assise là avec ses photos dans les
mains, il se sent pris de colère, de fureur. Il ne veut
pas. Il ne veut pas qu'elle regarde ses photos. Qu'elle
prenne une place dans sa vie. Il va vers elle, lui
prend les photos des mains. D'un geste brusque. Il
les lui arrache presque des mains. Il est inquiet, mal
à l'aise. Est-ce que ce ne sont pas ses photos, sa vie ?
Elle n'a rien à y faire. Il ne le veut pas, ne le voudra
jamais.

Il range rapidement les photos dans son porte-feuille. Il l'entend lui demander si elle peut en garder une de lui, en souvenir. Il ne saurait dire s'il répond non ou s'il se contente de secouer la tête, toujours est-il qu'il remet en toute hâte les photos dans son portefeuille et celui-ci dans la poche de sa veste.

Mais Kathie a quand même gardé une des photos, celle où on voit l'église Saint-Korbinian en arrière-plan. Elle l'a laissée tomber sur ses genoux et, sans qu'il le remarque, l'a glissée dans son sac à main.

A six heures, ils reprennent le train pour Munich. Elle lui parle, elle fait comme si l'épisode des photos n'avait jamais eu lieu. Lui aussi essaie de passer outre. Dans le train, ils s'efforcent tous deux de combler en parlant le fossé qui les sépare. Mais les pauses deviennent de plus en plus longues. Parfois, ils sont juste assis là, sans dire un mot. Ils sont juste assis là.

A la gare de Giesing, ils reprennent le tramway jusqu'à l'église du Saint-Esprit. C'est là qu'ils se disent au revoir. Le chauffeur l'embrasse furtivement sur la joue. Elle ne veut pas qu'il s'en aille déjà et lui demande s'il n'a pas envie de l'accompagner chez Soller. Il est encore bien tôt.

Non, plus aujourd'hui, demain, ils se reverront demain. Sûr. Il viendra chez Soller. Qu'elle l'attende là-bas. Il lui demande si elle aime aller au cinéma. Oui, ils pourraient aller au cinéma. Est-ce qu'elle est déjà allée voir un de ces nouveaux films parlants ? Comment c'était, le titre, déjà ? *"In einer kleinen Konditorei"*, répond-elle, Mitzi n'arrête pas de chanter cette chanson. Oui, voilà, ils pourraient aller voir ce film-là.

"Tu es sûr que tu ne veux pas venir avec moi chez Soller ? On pourrait prendre une soupe ensemble.

J'ai encore rien mangé aujourd'hui, propose-t-elle encore une fois au chauffeur.

— Non, désolé, pas aujourd'hui", mais en partant il lui donne quand même une pièce d'un mark pour la soupe. Elle le regarde s'en aller dans la rue avec sa culotte de sport et sa casquette sur la tête. Elle se retourne deux fois pour le voir. Elle lui fait signe avant de prendre le chemin de chez Soller. Lui aussi s'est retourné pour la regarder, il s'est arrêté, il attend qu'elle ait disparu. C'est alors seulement qu'il reprend son chemin. Il s'éloigne de la Heilig-Geist-Kirche pour s'engager dans la Theatinerstraße. Il s'arrête devant une boutique, il attend. Une jeune femme sort du magasin. Sa femme. Il l'embrasse et lui demande comment était sa journée. Elle lui donne le bras. Ils rentrent chez eux, bras dessus, bras dessous.

MARLIS

Marlis Gürster, née Neumüller, est portée disparue depuis le 30.5.1934. La jeune femme, âgée de vingt-six ans, a quitté le salon de coiffure de son mari ce mercredi matin vers dix heures, selon lui pour entre-prendre une balade à vélo jusqu'à Starnberg. Elle a été vue pour la dernière fois par des promeneurs sur la route de Starnberg, sur son vélo.

La disparue a été décrite comme suit : environ un mètre soixante-cinq, visage rond, front haut, petite bouche, dentition complète, robuste, cheveux noirs. Coiffure à la garçonne. Le jour de sa disparition, elle portait un *Dirndl* bleu et blanc, des socquettes blan-ches, des chaussures blanches. On ignore si la dis-parue portait un manteau ou une veste.

Elle avait un vélo de dame de la marque Viktoria.

Elle avait emporté un peignoir de bain à rayures noires et blanches, un costume de bain rouge et un petit sac contenant son ouvrage.

D'après les déclarations de son époux, la disparue avait l'intention d'être de retour au domicile de ses parents à sept heures au plus tard. Mais comme elle n'est pas rentrée, ni à l'heure dite, ni plus tard dans la soirée, ils ont lancé un avis de recherche.

Signes particuliers : aucun. La disparue portait une alliance gravée à la date du 7.5.1934, un bracelet et une montre de dame dorés.

Tous renseignements utiles sont à communiquer à la direction de la police de Munich, bureau des disparus, téléphone : 43 21, poste : 316.

*

J'ai vu pour la dernière fois Marlis, ma femme, le mercredi 30 mai 1934. Ce matin-là, elle est venue me voir vers dix heures au salon de coiffure. Ma boutique est au Schleißheimerstraße 11 à Munich. Le domicile de ses parents est tout proche, à quelques rues de là. Nous n'avons pas encore d'appartement à nous, pour l'instant nous vivons donc chez ses parents, dans sa chambre de jeune fille. Je dis pour l'instant, parce que le 1er juillet nous allons emménager ensemble dans notre premier appartement. On se réjouit vraiment tous les deux. Elle encore un peu plus que moi. Ça ne me dérange pas d'habiter avec ses parents. Je me suis toujours bien entendu avec mes beaux-parents, surtout avec ma belle-mère. Mais il est vrai que je passe presque toute la journée au salon de coiffure. Quand je rentre, nous mangeons encore avec les beaux-parents, et de temps en temps nous écoutons tous ensemble la radio après le repas. Mais c'est plutôt rare ; ensuite je vais dans notre chambre. Depuis que nous sommes mariés, Marlis est à la maison toute la journée. Pour elle, la situation était un peu plus difficile. Elle voulait enfin quitter la maison. Avoir son propre appartement. "Les jeunes et les vieux sont pas faits pour vivre ensemble", disait toujours ma grand-mère. Il n'est pas rare que Marlis se dispute avec ses parents. La plupart du temps pour des bagatelles. Et plus souvent avec son père qu'avec sa mère. "Il me traite encore comme une enfant", disait-elle.

Marlis peut être très têtue parfois. Quand elle pense qu'elle a raison, elle ne mâche pas ses mots, et le père et la fille se volent dans les plumes. Sa tête de mule, ma femme l'a héritée de lui. Parfois, il veut absolument avoir raison. Je crois que ça vient de son métier. Mon beau-père était commissaire de police jusqu'à ce qu'il parte à la retraite. Moi, je m'entends très bien avec lui, et puis quand je veux être tranquille, je m'éclipse. Mais à mon avis, c'est plus facile pour moi, je ne suis que son gendre.

Le mercredi, Marlis est venue me voir au salon vers dix heures. Elle vient souvent le matin, depuis qu'elle ne travaille plus. Jusqu'à notre mariage, elle était assistante au cabinet du docteur Semmelmann. Elle aimait bien travailler au cabinet. Ça lui plaisait. Elle a pourtant abandonné cette activité il y a quelques semaines. Nous voulons tenir le salon de coiffure de la Schleißheimerstraße ensemble. J'ai toujours rêvé d'avoir mon propre salon et Marlis voit les choses comme moi. Nous venons juste de reprendre la boutique et ma femme a l'intention de venir y travailler avec moi dans quelques semaines, après le déménagement. C'est la raison pour laquelle elle a abandonné son emploi de bureau.

Quand elle est arrivée le mercredi, elle était un peu en colère. Elle avait de nouveau eu une prise de bec avec son père. Elle m'a raconté qu'ils s'étaient chamaillés parce que quelqu'un avait oublié d'éteindre la lumière dans la cave. C'était un de leurs sujets de dispute. Marlis oublie souvent d'éteindre la cave quand elle va y chercher quelque chose. La plupart du temps, ils se prennent le bec à cause de ça. Je dois avouer que je ne l'ai pas vraiment écoutée. J'avais la tête ailleurs et, pour être honnête, j'en ai assez de ces querelles. Je les trouve puériles, on dirait deux gamins qui se disputent un jouet dans le bac à sable. Ma femme en revanche prend parfois ces disputes très à cœur. Je lui ai conseillé de ne pas le faire mais, comme je vous l'ai déjà dit, elle est un peu têtue.

C'est à cause de ce petit accrochage que Marlis voulait partir à Starnberg ce matin-là. "Je me suis tellement énervée, il faut que je prenne un peu l'air !" m'a-t-elle dit. Ça ne m'enchantait pas qu'elle aille à Starnberg toute seule. J'aurais préféré qu'elle reste en ville. J'ai essayé de la faire changer d'avis. On pourrait faire cette excursion ensemble le samedi après-midi, ou le dimanche, où on aurait toute la journée. Juste nous deux, et ce serait certainement bien plus agréable d'aller jusqu'à Starnberg ensemble. Mais ma femme a la tête dure et elle n'a rien voulu savoir.

"Que tu es bête, je peux bien veiller sur moi-même. Je suis une grande fille. Ne commence pas comme mon père, je te préviens !" a-t-elle dit en riant et elle m'a donné un baiser sur le front. Sur le pas de la porte, elle s'est retournée et elle m'a dit : "Je serai vraiment contente d'avoir enfin notre appartement à nous." Elle voulait venir me chercher au salon vers sept heures. "Si le temps reste aussi beau, on pourrait peut-être encore aller au Biergarten ce soir. Qu'en penses-tu ?" Je l'ai raccompagnée jusque devant la porte. Elle m'a encore embrassé avant de partir, puis elle est montée sur son vélo et elle est partie.

A sept heures, je l'attendais mais elle n'est pas venue. Je suis resté exprès vingt minutes de plus au salon. Puisqu'on était convenus qu'elle viendrait me chercher. Vers huit heures moins vingt, j'étais chez ses parents. J'espérais qu'elle y serait, puisqu'elle n'était pas venue au salon. Mais non. Lorsque, vers dix heures, elle n'était toujours pas rentrée, nous ne savions plus quoi faire. Mes beaux-parents et moi nous faisions beaucoup de souci pour elle. Nous avions peur qu'il lui soit arrivé quelque chose. Alors je suis allé au poste de police avec mon beau-père et j'ai lancé un avis de disparition. Ma belle-mère était restée à la maison dans l'espoir de voir Marlis rentrer.

Je n'ai aucune idée d'où elle pourrait être. Il a dû lui arriver quelque chose. Au poste, le fonctionnaire de police m'a demandé si ma femme avait pu atten-ter à ses jours. Ça me paraît impensable. D'accord, elle prenait ces querelles à cœur, mais pas à ce point. Ma femme aime la vie, elle est gaie et intelligente. Elle s'intéresse à plein de choses. Elle peint, elle fait beaucoup de sport. Pour la Pentecôte encore nous sommes allés randonner à Lenggries. Ma femme adore la montagne. C'était un week-end magnifique. Nous avons passé la nuit dans un refuge sur la Kotalm. C'est l'une des plus belles excursions en montagne que nous ayons faites.

Non, j'exclus complètement l'hypothèse du suicide. Ça ne lui ressemble pas du tout. Ce n'est pas dans sa nature. Et quelle raison aurait-elle eue ? Aucune ! Nous formons un couple très heureux, harmonieux. Elle a grandi sans connaître de problèmes d'argent. Elle n'a jamais eu à donner ne serait-ce qu'un pfennig de son salaire à ses parents. Elle est la fille unique de mes beaux-parents et ils avaient déjà un certain âge quand elle est née, ils avaient déjà presque abandonné l'idée d'avoir un enfant. Ils l'ont particulièrement choyée et gâtée. Elle a eu une jeunesse très heureuse, insouciante. Non, je ne crois pas qu'elle ait pu attenter à ses jours.

Notre relation a toujours été très harmonieuse. Nous sommes très heureux ensemble, depuis que je l'ai rencontrée à la pinacothèque, Barerstraße. Nous venions voir l'exposition de peinture, c'est là que je l'ai vue pour la première fois. Je me suis jeté dans ses bras. Je ne faisais pas attention, je l'ai presque renversée. J'étais gêné, mais elle a ri. J'ai tout de suite su que c'était la femme de ma vie. On n'en trouve qu'une comme ça. Je suis immédiatement tombé amoureux d'elle. Nous nous sommes mariés le 7 mai.

Quand on aime autant la vie, on ne peut pas se suicider. Elle n'a vraiment aucune raison de le faire. Nous avions tant de projets d'avenir. Le salon de coiffure, l'appartement, les voyages. Nous voulions aller en Italie. Elle en avait toujours eu envie et nous voulions partir en hiver pour faire du ski. Dans un chalet avec des amis. Tout était déjà prévu.

Nous l'avons déjà cherchée partout. Dans mon désespoir, je me suis même laissé convaincre par ma belle-mère d'aller chez une voyante. Marlis se moquerait de moi si elle savait. Mais qu'est-ce que vous voulez, je me raccroche à tout ce que je peux. Je n'aurais jamais cru que je ferais ça un jour, aller chez une voyante. C'est une femme que ma belle-mère connaît bien qui nous a mis en contact, et ma belle-mère et moi nous sommes allés au rendez-vous. Il fallait que j'apporte un objet personnel de ma femme, alors j'ai choisi sa robe préférée. Elle la portait le jour de nos fiançailles. La voyante a placé la robe sur une petite table ronde dans une pièce sombre, elle a noté la date de naissance de ma femme et a posé le morceau de papier sur la robe. Elle avait un petit plomb au bout d'une ficelle et elle s'en est servie comme d'un pendule au-dessus des objets. J'avais l'impression d'être dans *Docteur Mabuse*. J'ai vu ce film avec ma femme et je me suis dit qu'elle trouverait ça vraiment bizarre. C'est à ce moment-là que je me suis rendu compte que tout ça ne servirait à rien. Que c'était complètement absurde. Et pour la première fois, j'ai eu le sentiment que je ne reverrais jamais Marlis, je savais qu'elle ne reviendrait pas. J'avais envie de m'en aller, mais je ne pouvais pas faire ça à ma belle-mère, je ne pouvais pas la laisser seule chez cette dame. C'est uniquement pour ça que je suis resté. Ma belle-mère avait mis tellement d'espoir dans cette visite que je ne pouvais pas la décevoir.

La voyante a affirmé que ma femme avait émigré en Amérique du Sud, où elle vivait dans une grande maison blanche. Et qu'elle était en danger parce qu'un dentiste lui voulait du mal. Vous voyez comme tout ça était absurde. Mais, dans mon désespoir, j'étais même prêt à croire à ces âneries. Je ne sais plus quoi faire, on ne peut quand même pas disparaître comme ça, s'évaporer sans laisser de traces ?

*

Il fallait qu'il sorte. Il ne supportait plus d'être enfermé. Il avait pris son vélo et était parti sans but précis. Comme toujours, quand il était en chasse. Depuis combien de temps était-il parti ? Plusieurs heures peut-être ? Aucune idée. Il cherchait. Infatigable.

Elle venait à sa rencontre sur son vélo. *Dirndl* bleu et blanc. Socquettes et chaussures blanches. En se penchant un peu en avant sur son guidon, il pouvait voir sous sa jupe. Qui remontait quand elle pédalait. Elle avait des jambes robustes. Il aimait ça. Il les caressait dans ses pensées. Son regard allait plus loin. Montait le long des jambes. Les cuisses se touchaient. Il voyait se toucher la peau douce et chaude, humide de sueur. En se concentrant très fort, il croyait même voir ses sous-vêtements. Une culotte blanche. En soie blanche. Les jeunes filles comme elle portaient des sous-vêtements en soie blanche. Et pas ce tricot gris et bon marché. Des sous-vêtements en soie comme on pouvait en acheter dans les boutiques de lingerie fine. Quelle sensation laisseraient-ils sur la peau ? Frais. Ils devaient être frais sur la peau et glisser entre les doigts. Cette pensée l'excitait. Le spectacle de ces jambes qui bougeaient de haut en bas, de ces cuisses qui se touchaient. Il s'imaginait comment ce serait de les écarter. De les ouvrir contre sa volonté. Il voulait sentir sa résistance. Il voulait la sentir se tortiller sous lui.

Il avait ralenti le rythme. Il ne voulait pas la dépasser trop tôt. Il voulait profiter du spectacle jusqu'au tout dernier instant. Il pensait aux sous-vêtements en soie et à ses cuisses qui se touchaient. Il s'imaginait la pénétrer.

Il espérait qu'elle lui résisterait. De toutes ses forces. Il voulait sentir sa peur, goûter sa sueur. Augmenter son excitation. Il voulait savourer cet instant. Faire monter son désir.

Il l'avait croisée. Elle l'avait à peine regardé. C'est tout juste si elle l'avait remarqué.

Il allait lui donner un peu de temps. Lui laisser croire qu'elle était en sécurité. Il avait continué encore un moment dans la direction opposée. Avant de faire demi-tour. Et de la suivre. De la poursuivre. Comme un chasseur poursuit sa proie. Il ne la quittait pas des yeux. Arrivé à sa hauteur, le moment était venu. Il l'avait empoignée et jetée en bas de son vélo. Elle était trop surprise pour se défendre, émettre un son, un cri. Mais elle s'était vite ressaisie. Elle avait commencé à se débattre. A envoyer des coups avec ses jambes. A lui donner des coups de pied.

Il s'était jeté sur elle. Il l'écrasait de tout son poids. Il sentait son corps se tortiller sous lui. D'une main, il appuyait sur son cou. Pas trop fort, mais suffisamment. Il voulait l'empêcher de crier. Il voulait voir la peur la saisir, il voulait la voir se débattre. Il fallait qu'elle se débatte, qu'elle essaie de s'échapper, ça faisait partie du jeu. De son jeu. Il voulait savourer ce moment. Et il ne pouvait le savourer que si elle se débattait. D'une main, il appuyait sur son cou, de l'autre, il descendait vers ses jambes. Son entrejambe. Son sexe. Essayant de saisir sa culotte, de la lui enlever. Brutalement. Il avait pressé une jambe entre les siennes pour les écarter de force.

Elle se débattait toujours. C'était bon, ça lui plaisait. Ça l'excitait de sentir son corps sous le sien. De la

133

sentir se tortiller, essayer de se tourner, de se débarrasser de lui. C'était bon, tout ça. C'était ce qu'il voulait.

"C'est ça, continue, salope ! Si tu te tiens pas tranquille, je te tire une balle !" avait-il sifflé à son oreille. Elle ne restait pas tranquille, elle avait presque réussi à lui échapper. Il avait pressé sa cuisse encore plus fort entre ses jambes et mis sa main libre à sa poche. Senti le métal froid du revolver.

Il l'avait sorti de sa poche. Il se sentait bien. Incroyablement bien. Il avait mis l'arme sur sa nuque et appuyé sur la détente.

Il y avait eu une forte détonation.

Sous lui, le corps qui se débattait encore quelques secondes avant s'était affaissé.

Il sentait ses membres se détendre. Elle avait cessé de bouger. Maintenant, elle se tenait tranquille.

Il s'était levé. Avait empoigné la jeune fille par les jambes et l'avait tirée dans les buissons.

Il avait éjaculé avant même de pouvoir toucher son sexe.

Il n'en avait pas fini avec elle. Il s'était affairé sur son corps avec son couteau. Avait découpé son sexe. Maintenant, ce corps lui appartenait, il pouvait en faire ce qu'il voulait. Maintenant qu'elle était morte, elle lui appartenait totalement. Elle était sa propriété. Son excitation ne diminuait pas, elle avait encore grandi quand il avait tenu son sexe dans ses mains, ce morceau de chair découpée. Qu'il l'avait senti. Léché. Mâché. Et qu'il avait planté ce sexe sur le sien, s'imaginant pouvoir enfin la pénétrer. Enfin la pénétrer. Finalement, il avait posé le morceau de chair sur le visage de la morte. "Tiens, lèche-toi toi-même, bouffe, salope !"

Plus tard seulement, bien plus tard, il avait creusé un trou dans le sol de la forêt avec son petit couteau. Il ne sait plus combien de temps ça lui avait pris. Il sait juste qu'il faisait presque nuit à la fin.

Il avait essayé de mettre le corps dans la fosse.

En vain. Le trou était trop petit.

Il avait réattaqué sa chair au couteau. L'avait entaillée profondément, jusqu'à l'articulation. Coupé les tendons, tourné l'os dans l'articulation, l'avait détaché. Détaché de la hanche. Le craquement des os et des tendons l'avait plongé dans une nouvelle ivresse.

Il avait placé les jambes de la morte sur son tronc. Recouvert le tout de terre, de branches et de feuillage.

Avant ça, il avait encore pris tous ses objets de valeur. Il avait trouvé quelques marks dans son porte-monnaie. Avait jeté négligemment la bourse vide. La bicyclette, il l'avait chargée sur son épaule. Il ne voulait pas la laisser sur le lieu du crime. Il avait peur qu'on retrouve la morte plus vite, autrement. Il s'était mis en route sur son propre vélo, avec celui de la morte sur le dos. Plusieurs heures avaient passé, la nuit était tombée. Il roulait sans lumière, protégé par la nuit, passant par des localités dont il ne connaissait pas le nom. Il avait roulé la moitié de la nuit, jusqu'à ce qu'il pense avoir mis suffisamment de distance entre la morte et lui. Il s'était arrêté au bord d'un canal. Avait déposé le vélo. Avait entrepris de le démonter. Il ne fallait pas qu'il puisse encore intéresser quelqu'un. Il avait pris son temps. Il avait démonté les roues, avait sorti les chambres à air des pneus. Avait tout découpé en petits morceaux avec son couteau. Il avait même enlevé les rayons et les roulements. Il avait sauté de tout son poids sur le cadre qui gisait au sol. Une fois, deux fois. Il ne saurait dire combien de fois en tout.

Il avait l'impression que le vélo lui résistait comme sa propriétaire avant lui. Ça l'avait stimulé, ça avait attisé sa fureur. Il voulait le rendre inutilisable. Inutilisable comme le corps qu'il avait laissé dans le sol de la forêt. Il n'arrêtait plus de donner des coups de pied dans le vélo. Il donnait des coups dans le cadre, sautait dessus à pieds joints. Il n'arrêtait plus. Il le soulevait, puis le lançait par terre. Le soulevait à nouveau, puis le lançait par terre. Il sentait la sueur dégouliner sur tout son corps. Il continuait toujours à saccager le vélo. A la fin, il avait pris ce qui en restait et l'avait jeté dans le canal.

Il avait regardé ses mains sales et pleines de sang. Il s'était penché pour les laver dans l'eau froide. Il avait senti comme l'eau faisait du bien à ses mains. Lui faisait du bien à lui. Il s'était déshabillé, avait sauté dans l'eau, s'était entièrement plongé dans cette eau noire comme la nuit. Il avait senti le froid l'enlacer. Il avait senti que dans cette eau sombre il se calmait peu à peu, il était content de lui, heureux.

De retour chez lui, il avait ôté ses vêtements sales et pleins de sang. S'était mis nu au lit. Il avait fermé les yeux. Revu la jeune fille. Repenser à ce qu'il avait fait l'excitait à nouveau. Il avait mis la main sur son sexe. S'était touché en repensant à la jeune fille, en revivant chaque étape de son crime, en le savourant jusqu'à la fin. Jusqu'à ce que, complètement épuisé, il sombre dans un sommeil profond.

SAMEDI

Kathie passe la soirée du samedi chez Soller. Toujours
à la même table. D'où elle est, elle voit toute la salle.
Elle ne quitte pas la porte des yeux de toute la soirée. Chaque fois qu'elle s'ouvre, il lui semble que
son cœur s'arrête l'espace d'un instant. Chaque fois,
elle croit que le chauffeur va entrer, et à chaque
fois elle est un peu plus déçue. Elle sort la photo de
sa poche un nombre incalculable de fois. Elle la tient
dans sa main et ne cesse de la regarder. Comme si
la force de son regard allait suffire à le faire venir.
Elle caresse tendrement le visage sur la photo, son
visage. Touche les cheveux du bout des doigts. Ses
cheveux blond foncé qu'il a plaqués en arrière, avec
une raie sur le côté. Elle la presse contre son cœur,
la cajole.

Sur cette photo, le chauffeur porte une veste en
laine feutrée. Une veste sombre et une culotte courte.
Une culotte de sport. Il porte sa casquette à la main
et pose devant l'église Saint-Korbinian. Elle montre
la photo à Mitzi, à Anna. Puis la serre à nouveau

contre son cœur, l'embrasse. Un nombre incalculable de fois. Elle attend le chauffeur toute la soirée.

Lui aussi, il attend. Il a envie de revoir la jeune fille. De la toucher, de l'embrasser, de coucher avec elle.

Tôt le matin, juste après le petit-déjeuner, il est parti à Waldperlach avec sa femme. Ils y passent toute la journée. A travailler dans le jardin. A s'occuper des plates-bandes avant l'arrivée de l'hiver. Le chauffeur ne cesse de regarder sa montre en douce. Sa femme remarque son agitation. Elle lui demande ce qu'il a.

"Rien de spécial. Qu'est-ce que tu veux que j'aie ?" C'est juste qu'il a oublié que son club de football se réunissait aujourd'hui. Il faut qu'il y aille, ce serait vraiment fâcheux de rater le rendez-vous d'aujourd'hui. A sa grande surprise, sa femme veut l'accompagner, et ils quittent donc Waldperlach ensemble en fin d'après-midi pour rentrer à Munich.

Chez eux, il trouve un moment pour écrire à Kathie. Une lettre dans laquelle il lui explique qu'il ne peut pas la retrouver aujourd'hui, comme ils l'avaient prévu. Il invente une histoire pour justifier son empêchement. Il lui dit de ne pas être triste, qu'il viendra chez Soller le plus tôt possible. Peut-être dès demain.

Il met la lettre dans la poche de sa veste. Il essaiera de trouver un garçon de courses qui la portera à Kathie.

A défaut du chauffeur, c'est le blond qui arrive chez Soller. Il s'assied à la table de Kathie. Lui demande s'il peut lui offrir une soupe. Kathie refuse, elle hésite. Elle espère encore que le chauffeur va venir. Mais elle finit par se laisser convaincre. Parce que la faim commence vraiment à se faire sentir. Et plus tard, bien plus tard dans la soirée, elle monte dans une chambre de chez Soller avec le blond. Elle n'a pas d'autre endroit où aller, de toute façon.

Au même moment, chez lui, le chauffeur rejoint sa femme au lit. Sa veste a retrouvé sa place dans l'armoire. Avec, dans la poche, la lettre à Kathie.

Le dimanche matin, juste après s'être levée, Kathie part pour la gare de Giesing. Elle n'a pas de temps à perdre, elle ne veut pas manquer un seul train. Elle se tient juste derrière les tourniquets. Elle voit tous les voyageurs de là où elle est, personne ne doit passer sans qu'elle le voie. Elle attend le chauffeur. Elle guette tous les trains venant de Perlach. Chaque fois, elle espère le voir descendre. Elle espère comme hier, chez Soller, où elle n'a pas quitté la porte des yeux de toute la soirée. A chaque train qui entre en gare, elle l'imagine qui descend d'un wagon. Le chauffeur. Dans ses pensées, il porte sa veste en laine. Elle le voit descendre. Elle se voit elle-même l'appeler. Il se retournerait vers elle, la reconnaîtrait. Il courrait la rejoindre, la prendrait dans ses bras. Elle sent son étreinte. Il lui suffit de fermer les yeux pour le sentir mettre ses bras autour d'elle, elle croit même sentir son souffle. Car elle sent une légère brise sur sa joue, un courant d'air.

"Kathie ? Qu'est-ce que tu fais là ?" Une voix la tire de ses rêveries. Elle a eu peur. Elle se retourne. Elle espère que c'est sa voix à lui. Qu'il est enfin là. La voix ressemble vraiment beaucoup à la sienne, et pourtant elle sait avant d'avoir vu à qui elle appartient que ce ne peut pas être lui. Elle sent déjà la déception pendant qu'elle se retourne, avant même de voir celui qui s'adresse à elle. C'est quelqu'un qu'elle connaît de Wolnzach. Il lui demande ce qu'elle fait à Munich, si elle a déjà trouvé un travail. Toujours la même rengaine.

Elle est très loin avec ses pensées. Elle continue à observer les voyageurs. Elle n'a pas le temps de discuter avec lui. De l'écouter raconter qu'il va voir sa sœur à l'hôpital, etc., etc. On dirait que le temps s'est arrêté. Il continue toujours à parler. Elle essaie de ne pas perdre des yeux le train qui entre en gare. Elle regarde les gens qui passent près d'elle. Elle l'écoute à peine lui dire au revoir. Car elle n'en peut plus d'attendre. Elle va aller à Waldperlach. Mais s'il rentrait à Munich au même moment ? Elle hésite. Qu'est-ce qu'elle ferait là-bas ? Il lui avait dit que la cabane n'était pas qu'à lui. Que sa tante avait mis un peu d'argent dans le terrain, à l'époque. Et elle n'avait aucune envie de tomber sur elle. Qu'est-ce qu'elle pourrait bien lui dire ? Alors elle reste où elle est. Elle reste toute la journée à la gare. Elle attend toute la journée.

Par deux fois, un homme avec presque la même veste que lui descend du train. Par deux fois elle le suit. Mais ce n'est pas lui.

Elle est découragée, déçue. Elle ne sait vraiment pas quoi faire. Elle a presque abandonné tout espoir, elle se dit que ça ne sert à rien d'être là, quand elle le voit. Il descend du train, exactement comme elle se l'est imaginé. Il porte la veste qu'il a sur la photo avec l'église Saint-Korbinian. Elle le reconnaît de loin. Elle va courir à sa rencontre. L'embrasser, le serrer contre elle, ne plus le laisser partir. C'est à ce moment-là qu'elle voit la jeune femme. Elle est jolie. Guère plus âgée que lui. Elle porte une robe et un gilet. Ses cheveux blond foncé sont coupés courts. Ils se donnent le bras. Quand ils passent près d'elle, elle voit qu'ils sont intimes. Kathie ne sait pas s'il l'a vue lui aussi. Elle est juste derrière lui lorsqu'il l'embrasse. Lui donne ce baiser qu'elle voulait recevoir. Elle les suit. A distance. Assez loin pour ne pas être vue, mais assez près pour tout voir. Ils se dirigent vers l'arrêt de tramway. Kathie s'arrête au coin de la rue. Elle attend qu'ils soient montés, puis elle refait à pied tout le chemin jusque chez Soller. Au début, les larmes lui coulent sur les joues, mais elles ont vite fait de sécher. Elle marche et marche encore. Elle passe dans des rues, devant des maisons qu'elle oublie aussitôt. Elle ne sait pas non plus combien de temps elle marche. Elle sait juste que c'est peu à peu de l'obstination qu'elle ressent, et c'est cette obstination qui sèche enfin ses larmes. Elle ne va pas se laisser abattre. Si elle est venue à Munich, dans cette grande ville, c'est pour y trouver son bonheur. Et elle va le trouver, son bonheur. Elle en est sûre. Car c'est une belle fille. Tout le monde peut le voir. Elle-même peut le voir quand elle passe devant les vitrines. Elle va trouver son bonheur, elle en est sûre. Son bonheur.

*

Il est déjà minuit passé quand les deux motards arrivent chez Soller. Ils sont partis tôt le matin de Nuremberg avec la NSU. Pour voir Munich, aller à la fête de la Bière, s'arrêter quelque part en route pour manger, passer une bonne journée. Si la chaîne n'avait pas cassé avant Ingolstadt, ils seraient arrivés à Munich dans l'après-midi. Mais ils ont dû pousser leur engin jusqu'au garage le plus proche, et quand ils arrivent enfin à Munich, il fait déjà sombre. Ils vont directement à la fête de la Bière, garent leur moto et restent jusque tard dans la soirée. En venant récupérer la moto, ils demandent au gardien s'il connaît une auberge, un endroit où loger. Il leur indique Soller.

Chez Soller, ils demandent une chambre à Gretel, la serveuse.

Pas besoin de deux chambres simples, ils se partageraient bien une chambre, et s'il le faut un lit. Pourvu qu'ils aient de quoi dormir.

Ah, et il faudrait aussi qu'ils garent leur moto. Est-ce qu'il y avait un garage chez Soller, ou une remise où mettre la NSU sous clé ?

"Cherchez de quoi dormir ?" leur demande Gretel.

Ils ne sont pas exigeants, c'est juste pour cette nuit.

Elle leur répond qu'il y a une chambre de libre. Mais que le lit coûte deux marks la nuit. Par personne.

Ils sont d'accord et on leur montre la remise pour leur moto. De retour dans la salle, ils commandent une bière à Gretel. En buvant, le premier parle à son ami de la fille. La fille qui est venue le trouver. A l'instant, pendant que l'autre garait la moto dans la remise. Juste devant la porte.

Elle lui a demandé s'il était d'accord pour qu'elle passe la nuit dans leur chambre, à son ami et lui. Elle lui a dit qu'elle n'avait pas d'endroit où dormir, Gretel avait sûrement déjà dû leur demander.

Il n'en croit pas ses oreilles. Qu'est-ce qu'il voulait qu'il dise ? Une belle fille, en plus. Il n'allait pas dire non. Il n'a qu'à regarder discrètement en direction des toilettes. Celle qui porte une robe bleue. A côté du blond.

Non, de l'autre côté, trois, non, quatre tables plus loin.

Celle avec la tresse, est-ce qu'il l'a vue maintenant ?

La fille à la tresse regarde dans leur direction. Elle est assise entre le blond et une jeune femme avec un manteau clair et un chapeau sombre sur la tête.

Elle lève son verre en les regardant et elle rit.

Lorsque, un peu plus tard, elle passe près de la table des deux motards, le pilote a l'impression qu'elle lui fait un clin d'œil. La seule excuse qui lui vient à l'esprit, c'est qu'il faut qu'il "aille voir" dehors, et il suit la jeune fille devant la porte.

Est-ce qu'il était d'accord pour qu'elle passe la nuit dans leur chambre, à son ami et à lui ? Elle n'a pas d'autre endroit où dormir.

Oui, oui, son ami lui en a déjà parlé. Si elle veut, oui, elle peut dormir dans leur chambre. Il la regarde en disant ça, il voit ses yeux sombres, ses cheveux ramenés en une tresse. Son ami a raison, c'est une jolie fille, elle lui plaît.

Pour arrêter de la fixer bêtement, il lui demande d'où elle vient, et ce qu'elle fait à Munich. Il se fiche de la réponse, il veut juste rester encore un moment avec la jeune fille devant l'auberge. Parler avec elle de choses sans importance, il ne veut pas encore la laisser rentrer.

Elle lui répond qu'elle vient des environs d'Ingolstadt et qu'elle cherche du travail à Munich.

Elle non plus n'a pas l'air intéressée par une conversation. Elle lui sourit. Bon, alors si elle peut dormir avec eux, elle va retourner à la table de ses amis. Elle les verra bien monter dans leur chambre. Elle viendra les rejoindre. Elle s'arrête sur le pas de la porte et lui sourit avant de rentrer dans l'auberge. Lui attend un peu avant de retourner à la table de son ami.

La jeune fille, une fois entrée dans la chambre, se déshabille sans honte ni hésitation. Elle ôte sa ceinture vernie noire, la pose sur le dossier de la chaise. Elle ouvre sa robe bleue. Qui rejoint la ceinture. Les deux lits, contre les murs, lui laissent tout juste assez de place au milieu pour se déshabiller. Les motards sont assis sur leurs lits et regardent la jeune fille se dévêtir lentement.

Ils la voient ôter ses bas, qui vont rejoindre la robe et la ceinture. En chemise et en culotte, elle se glisse dans le lit de l'un des deux.

Il entend le bruissement de la couverture. Sent le parfum chaud de sa peau. Il inspire et ferme les yeux. La jeune fille se laisse faire lorsqu'il met ses deux mains sous la chemise. Qu'il la lui passe par-dessus la tête pour l'enlever. Il la caresse. Il sent sa peau lisse, la chair ferme de son corps. Elle est allongée là, immobile. Il repousse la couverture jusqu'au pied du lit.

Il veut la voir, veut voir son corps nu.

Ses mains caressent ses seins blancs. Le deuxième, assis sur son lit, observe son ami. Il le regarde, après la chemise, enlever la culotte de la fille. Il regarde son ami toucher son corps, ses jambes, son sexe. Il voit la fille allongée nue sur le lit. Immobile, les yeux fermés.

Il regarde son ami s'allonger sur elle. La pénétrer. Il voit ce corps tout blanc luire dans l'obscurité de la pièce. Deviner tout ça plus que de le voir l'excite. Il entend le halètement de son ami et il est impatient d'être à sa place. Il entend les gémissements, les halètements de son ami lorsqu'il éjacule. Il le voit se détacher du corps de la fille et rouler sur le côté.

Elle, comme si ça allait de soi, elle se lève juste après et vient le retrouver dans son lit. Son corps est encore chaud et humide de la sueur de son ami ; lui aussi touche ce corps, le pénètre. Et elle, elle se laisse faire, allongée sous lui, douce, chaude et immobile.

Dans la nuit, la fille change encore une fois de lit, elle se lève comme si de rien n'était et va rejoindre son ami. Il la voit se coucher près de lui, il voit à nouveau ses mains à lui sur son corps, entend à nouveau les gémissements de son ami.

Au matin, la fille est à nouveau dans son lit, elle dort nue blottie contre lui. Il voit que son ami est en train de s'habiller. "Je t'attends en bas, tu me rejoindras." Et il ferme la porte derrière lui.

Alors il couche une dernière fois avec elle, il pénètre la fille encore endormie allongée à côté de lui. Il sent encore une fois le corps doux et chaud sous lui. Puis il se lève lui aussi, il s'habille et, comme son ami avant lui, il quitte la chambre.

Kathie est encore au lit. Elle regarde le motard s'habiller. Ramasser un vêtement après l'autre sur le sol, son caleçon, sa chemise, ses chaussettes, son pantalon. Elle a remonté la couverture sur sa poitrine. Elle n'aurait pas eu honte de rester seins nus, mais elle a froid dans cette chambre, chez Soller. Elle se sent froide et vide. Alors elle a remonté la couverture. Tellement haut, que ses jambes nues dépassent de l'autre côté. Elle frotte ses pieds froids l'un contre l'autre. Le motard se tourne vers elle.

"Qu'est-ce qu'y a ? T'as froid ?"

Elle lève les yeux vers lui, mais sans dire un mot, sans même le comprendre. Elle est loin, ses pensées l'ont ramenée vers les étés de son enfance. Les étés où elle marchait pieds nus sur les chemins secs et poussiéreux, dans l'herbe humide de rosée, dans les flaques d'eau. De la boue entre les orteils.

Ses orteils étaient toujours les plus petits et les plus ronds, et elle-même avait toujours été la plus petite et la plus ronde de tous, voilà à quoi elle pense.

Ce n'est que quand le motard referme la porte derrière lui qu'elle revient vers ce lit, vers la chambre chez Soller. Avant de partir, le motard a sorti un peu d'argent de la poche de sa veste. Il l'a posé sur le lit. A ses pieds. Kathie a juste levé les yeux vers lui, l'a regardé sans le voir.

Une fois la porte refermée, Kathie se lève à son tour. Elle repousse la couverture qui lui tenait chaud. Elle se lève, enfile les vêtements posés sur la chaise la veille. Prend l'argent.

Elle pourrait se laver chez Mitzi. Elle veut quitter cette chambre. Marcher dans la ville, passer par le Viktualienmarkt pour aller jusqu'à Mariahilfplatz.

Les motards sont encore dans la cour. Debout à côté de leur engin, l'air gêné. L'un des deux essaie d'engager la conversation. Qu'est-ce qu'elle fait maintenant ? Où elle va ?

Kathie ne répond pas, qu'est-ce qu'elle pourrait bien dire ? Elle ne sait pas elle-même ce qu'elle fera ni où elle ira aujourd'hui. A quoi bon ? Ou bien est-ce qu'elle devrait leur parler des étés passés pieds nus et du bonheur qu'elle avait éprouvé à patauger dans les flaques ? Est-ce qu'elle devrait leur dire que ces étés avaient été les plus beaux de sa vie et que ce matin, en regardant l'un des deux se rhabiller, elle avait pressenti, non, elle avait su qu'ils resteraient les plus beaux étés de toute sa vie ?

Ou bien est-ce qu'elle devrait parler de la couleur du fil à coudre dans sa main ? Un rouge qui l'avait réchauffée, comme ce bref bonheur qu'elle avait ressenti lors de l'après-midi passée avec le chauffeur ? A quoi bon ? Elle n'a pas envie de répondre, alors elle ne dit rien. Elle hausse les épaules et s'en va.

Elle part en direction de Mariahilfplatz, refaisant le même chemin qu'avec le chauffeur il y a une éternité de ça ; c'était il y a quelques jours à peine et pourtant ça lui semble faire toute une vie. Elle passe devant les stands des femmes du marché. Elle prend la Reichenbachstraße et franchit le Reichenbachbrücke. Sur le pont, elle s'arrête un instant à l'endroit où le chauffeur l'avait embrassée. Puis elle poursuit son chemin jusqu'à Mariahilfplatz. La tête vide, sans penser à rien.

Mitzi lui ouvre la porte seulement vêtue d'une chemise. Elle s'assied à la table de la cuisine en face de Kathie. Elle pousse vers elle une grande tasse de café. Kathie entoure la tasse de ses mains. Elle l'approche d'elle et sent la chaleur dans ses doigts gourds.

Plus tard, Kathie sort de son sac l'argent des motards et le pose sur la table. Elle se lève de sa chaise et se dirige vers le sofa. Elle s'allonge tout habillée et s'endort.

Mitzi a dû quitter l'appartement à un moment car Kathie est seule quand elle se réveille. Elle se lève, lave son visage, ses mains et son sexe. Elle se rhabille, met son petit chapeau bleu, se glisse dans son manteau et s'en va.

KATHIE

Le mercredi 13 octobre est une douce journée d'automne. Les feuilles des arbres et des buissons ont déjà pris une couleur brun-rouge. Johann Reiss et son frère Alwin roulent en side-car sur la route de Hohenschäftlarn. Ils sont partis de bonne heure. La brume de ce matin d'automne commence à se lever. Par moments, on peut déjà voir le soleil. Ce serait une belle journée. Une des dernières journées estivales de l'année. Ils ont quitté Munich. Il n'y avait presque personne sur les routes. Ils trouvent tous deux agréable de se laisser porter, de partir sans but précis, de s'arrêter quelque part pour manger puis de poursuivre leur route, de profiter du paysage. Après tout, ils ont tout leur temps aujourd'hui.

Après Hohenschäftlarn, ils passent près du couvent et continuent en direction de la scierie. Ils quittent la route principale juste après l'auberge Bruckenfischer. Ils prennent la petite route vers le sud. C'est plutôt un sentier, non goudronné. Johann ralentit, évite les nids-de-poule du chemin. Il descend, à travers les prés et les champs, jusqu'au vieux ruisseau du moulin.

Ils connaissent bien l'endroit car ils y viennent souvent. Presque à chaque fois qu'ils ont une journée de libre. En été pour se baigner. En automne pour chercher des mûres ou des champignons ou simplement pour passer le temps. Ils suivent un moment le chemin qui remonte le ruisseau. Ils veulent faire une pause. S'asseoir sur la berge, somnoler, ne faire que ce dont ils ont envie.

Des deux côtés, la berge est envahie par la végétation, par les roseaux et les buissons. Çà et là, depuis le chemin, d'étroits sentiers descendent jusqu'au ruisseau. Vers des endroits secrets pour les pêcheurs, les baigneurs, les amoureux. Ils poursuivent leur chemin jusqu'au vieux pont, le seul endroit où l'on peut s'asseoir sur la pente sans être gêné par les buissons. Cela fait longtemps qu'il n'y a plus de pont. Les vestiges ne sont visibles que près de la berge, dans l'eau. Les quelques pierres qui restent des fondations ont empêché la végétation de prendre ses aises. C'est le seul endroit où l'on peut voir la berge, où l'on peut descendre sans problème jusqu'au ruisseau. Ils ont l'intention de poser leur moto et de s'allonger au soleil sur une couverture. Ils ont tout emporté, Thermos, sandwiches, et après ils repartiront le long du ruisseau pour cueillir des champignons et des mûres sur le chemin du retour et les rapporter à leur mère. Ils le lui ont promis.

Ils arrivent là où ils voulaient, déposent la moto. Johann fait quelques pas vers le ruisseau. C'est alors qu'il voit le petit chapeau bleu. C'est plutôt un bonnet, bleu marine brodé de bleu clair. Les rubans blancs dansent dans le courant. Le bonnet est resté accroché.

Accroché à un morceau de bois flottant, sur la rive gauche du ruisseau. Comme les brindilles et la terre charriées par le ruisseau.

Ce sont les rubans du bonnet qui ont attiré son attention. Les rubans blancs qui dansent dans l'eau. Curieux, il s'approche pour mieux voir. Il descend encore un peu vers le ruisseau jusqu'à distinguer le chapeau. Surpris par cette trouvaille, il se demande s'il doit sortir de l'eau ce petit chapeau qui danse dans le courant, et comment s'y prendre. L'eau est claire, le courant faible à cet endroit. Il parcourt la berge du regard. Il ne trouve pas d'accès approprié. Il va essayer un peu plus haut. Entrer dans l'eau puis descendre jusqu'au bonnet et le repêcher. Le chapeau ne risque pas d'être emporté entre-temps. Il restera accroché au morceau de bois, le courant est faible.

Il fait quelques pas à contre-courant. Remonte les jambes de son pantalon, ôte ses chaussures. Il descend jusqu'au bord de l'eau, se penche en avant pour voir s'il est déjà à hauteur du petit gué. Pas encore. A cet endroit, la berge est encore plus raide, l'eau lui paraît plus profonde qu'à proximité du bonnet. Son regard se promène le long de la berge. Et s'arrête à une grosse racine. Il voit luire quelque chose de blanc dessous.

C'est alors qu'il la voit. Coincée sous les racines, dans l'eau. Seule la peau blanche des jambes est visible. Le reste est caché.

Il appelle son frère, qui prend son temps. Il ne peut pas croire ce que Johann lui a crié. "Tu vois des fantômes. Où ça, une fille dans l'eau ?

— Ici, je la vois. Tiens-moi. C'est trop raide par ici. Tiens-moi pour pas que je tombe à l'eau."

Johann tend le bras à son frère. Celui-ci l'empoigne, le tient fermement, fait contrepoids. Johann se penche le plus loin possible dans le courant. Regarde dans l'eau claire et profonde. Du corps, il ne voit qu'une main et les jambes.

La main est le long du corps. Un objet argenté luit sur le poignet. Un bracelet. Non, plutôt un morceau de fil de fer qui a servi à l'attacher.

Alwin le presse de questions : "Alors ? Qu'est-ce que c'est ? Qu'est-ce que tu vois ?

— Pas grand-chose, répond son frère. C'est une femme ou une jeune fille. Elle doit être sur le ventre. Elle est recouverte de branches. On ne voit que les jambes et une main.

— Laisse-moi, peut-être que j'arriverai mieux à voir", dit Alwin.

Johann cherche une meilleure position sur la berge. Alwin desserre prudemment sa prise et glisse vers le bord. Il essaie de voir la jeune fille. Il se penche loin au-dessus de l'eau. Tout en faisant attention de ne pas glisser. Ça y est, il la voit lui aussi. Il voit les jambes nues dans l'eau, le lien scintillant qui entoure le poignet. Le morceau de fil de fer avec lequel les branchages ont été attachés au corps. Maintenant il croit son frère. Maintenant qu'il l'a vue de ses propres yeux.

Plusieurs heures s'écoulent avant qu'ils ne reviennent avec la police. Ils sont rentrés à Munich. C'est là qu'ils ont signalé leur trouvaille à la police criminelle.

"Pourquoi pas sur place ? leur demande le fonctionnaire. Pourquoi n'êtes-vous pas allés trouver la police à Schäftlarn ?"

Les deux frères ne savent pas quoi répondre. Ils restent muets. Ils n'avaient qu'une envie, après ce qu'ils avaient trouvé, c'était de partir. Alwin raconte aux fonctionnaires qu'ils ont vite remballé leurs affaires et que Johann a roulé tout le chemin du retour.

Il ne leur était pas venu à l'esprit de signaler leur trouvaille à la police de Schäftlarn. Tout simplement pas venu à l'esprit. Puisque cette femme, cette fille, avait été assassinée. Comment le savent-ils ? Comment peuvent-ils être si sûrs que cette personne a été victime d'un crime ?

Mais elle était attachée ! Ils avaient vu le fil de fer qui entourait ses jambes et sa main. Ils l'avaient bien vu.

Evidemment qu'ils sont prêts à montrer l'endroit à la police. C'est ainsi qu'ils retournent sur les lieux quelques heures plus tard. Cette fois dans une voiture de service de la police de Munich. Ils la montrent au responsable de l'enquête. La morte. Coincée sous la grosse racine, recouverte de branches d'épicéa. Un des fonctionnaires essaie d'ôter les branches du corps de la morte. Il pousse le corps avec une longue perche. Les branches restent où elles sont, il n'arrive pas à les détacher du corps. Il essaie à nouveau. Il essaie de libérer le corps de la grosse racine. Il ne cesse de donner de petits coups avec sa perche. Mais il ne parvient à dégager ni le corps ni les branches.

Ce n'est que le lendemain, après avoir sorti la jeune fille de l'eau, qu'ils verront pourquoi. Ils verront que les branches ont été attachées au corps de la jeune fille avec du fil de fer. Qu'elles enveloppaient le corps. Dessous, ils trouveront la robe et le manteau de la morte, formant un paquet lui aussi attaché au corps avec du fil de fer. Ils trouveront la pierre qui devait empêcher le corps de remonter à la surface et qui retombe dans l'eau lorsqu'ils repêchent la morte. Ils trouveront ses chaussures. Emportées par le courant. Pas très loin en aval, mais quand même à quelque distance, comme le chapeau. L'un d'eux ôtera les branches de son visage, de sa poitrine. Il découvrira le visage d'une jeune fille qui avait tout au plus vingt ans. Les yeux marron, les paupières mi-closes dans la mort. Un nez court et rond. La bouche fermée, les lèvres charnues. Il verra les cheveux bruns de la morte, noués en une tresse qui tombe sur son épaule et descend presque jusqu'à la taille.

Elle n'est pas bien grande, plutôt petite et robuste. Son tricot de corps déchiré, ses seins nus offerts aux regards.

Ils sortiront la morte de l'eau et la traîneront sur la berge. Ils la déposeront dans l'herbe. Ils la photographieront, et sur les photos on verra la jeune fille allongée là, à demi nue, les bas arrachés, sans culotte. On verra les écorchures et les bleus sur sa peau. Les ongles cassés, lacérés. Les traces de strangulation. Le petit collier de perles à broder qu'elle porte toujours autour du cou. Sans valeur. Qui ne tombera et ne se cassera qu'au moment où ils la mettront dans le cercueil de tôle pour l'emmener à la médecine légale. Les perles tomberont dans l'herbe et personne ne les ramassera.

*

J'habite à Munich, dans la Lothringerstraße. Je sous-loue une petite chambre. Elle me suffit et, maintenant que je suis sans emploi, je suis déjà bien content de pouvoir continuer à la payer. On touche pas beaucoup de chômage, les temps sont durs. Mme Lederer, ma propriétaire, est veuve. Son mari travaillait à la poste, à ce qu'elle m'a dit. Elle n'a qu'une maigre pension, alors elle prend des locataires.

Hier matin, elle m'a demandé si je ne pouvais pas accompagner sa cousine de Wolnzach, Mme Hertl. Elle ne connaît pas très bien la ville, et j'avais sûrement le temps, puisque je ne travaillais pas. "Monsieur Feichtinger, vous me rendriez un grand service en acceptant."

Elle m'a raconté que Mme Hertl cherchait sa fille. Elle était ici à Munich. Elle voulait trouver une place de bonne, comme tant d'autres jeunes filles, et elle n'avait plus donné de nouvelles. Sa mère se faisait du souci et elle était donc venue à Munich pour la chercher. Je lui ai dit que oui, je pouvais bien chercher la jeune fille avec elle. Que j'avais rien d'autre à faire de toute façon.

Mme Hertl est arrivée à neuf heures et demie chez Mme Lederer. C'était le mercredi 14 octobre 1931. Comme elle me l'a raconté ensuite, elle était venue directement de la gare.

Les deux femmes se sont d'abord brièvement entretenues. Je n'étais pas là, elles étaient assises à la table de la cuisine. Quand je suis entré dans la pièce, elles se sont interrompues et Mme Lederer a fait les présentations. Je ne voulais pas rester planté là, alors j'ai dit à Mme Hertl que si ça ne lui faisait rien, j'aimerais y aller tout de suite. Ça lui convenait tout à fait et on s'est mis en route. Je portais la valise que Mme Lederer avait donnée à Mme Hertl. La jeune fille l'avait laissée chez elle et n'était jamais revenue la chercher. On est donc partis ensemble. Je lui ai demandé où elle voulait aller en premier.

"Ickstattstraße 13." Chez une Mme Bösl. Elle avait entendu dire que sa fille était allée chez elle. Mme Bösl connaissait Kathie de la récolte du houblon. Elle venait chaque année à Wolnzach.

Je l'ai accompagnée à l'adresse en question. Une femme portant un enfant en bas âge nous a ouvert. Je suppose que c'était Mme Bösl, puisqu'il n'y avait personne d'autre dans l'appartement et que c'était bien le nom qu'on pouvait lire sur la porte. Elle nous a fait entrer et nous a emmenés dans la cuisine Mme Hertl et moi. Je voulais pas être trop curieux, alors je suis resté un peu en retrait.

Mme Hertl lui a tout de suite demandé si sa fille était venue ici et si elle avait une idée de l'endroit où elle était. Oui, Kathie était venue. Mais elle n'était restée que deux jours. Elle cherchait un emploi, mais elle n'avait rien trouvé. C'était difficile de nos jours. Elle était allée s'installer chez une jeune fille de sa connaissance. Elle n'aurait pas pu rester ici plus long-temps, de toute façon. Dans ce petit appartement.

Pendant toute la conversation entre les deux fem-mes, l'enfant était assis sur les genoux de Mme Bösl. Il mâchait un quignon de pain noir en regardant l'étrangère. Mme Hertl a voulu savoir comment s'ap-pelait cette jeune fille et où elle pouvait la trouver.

Elle s'appelait Mitzi Zimmermann. "Mitzi, elle ha-bite Mariahilfplatz. Numéro 29. Mais allez voir aussi Gruftstraße. Là où la rue fait un coude. Je connais pas le numéro. Mais c'est facile à trouver, il y a un fleuriste en bas de l'immeuble." Cette femme qui habite dans la Gruftstraße, elle va aussi à Wolnzach tous les ans pour la récolte du houblon. Peut-être qu'elle connaît Kathie et qu'elle aura une idée d'où elle est. "Peut-être aussi qu'elle est chez elle." Mais ça ne servait à rien d'y aller avant ce soir, puisqu'elle travaillait toute la journée.

Mme Hertl a remercié Mme Bösl et lui a demandé si elle lui devait quelque chose, puisque Kathie était restée deux jours chez elle et qu'elle l'avait nourrie. Mais elle a repoussé l'offre d'un geste et a dit que ça allait comme ça.

Une fois que tout a été dit, on s'est levés pour partir. On était déjà dans l'escalier quand Mme Bösl nous a rattrapés : "Kathie a oublié son parapluie chez moi et elle n'est plus venue le chercher." Elle a fourré le parapluie dans les mains de Mme Hertl et, avant que celle-ci ait pu dire quoi que ce soit, elle est remontée chez elle à la hâte car le petit commençait à pleurnicher. Mme Hertl a descendu l'escalier avec le parapluie dans la main, et je lui ai emboîté le pas. De là, on est allés à Mariahilfplatz, chez Mitzi Zimmermann.

Nous l'avons trouvée chez elle. Mais elle n'était pas seule, il y avait également un homme dans l'appartement. Je pense que c'était le mari de Mitzi. Mais je n'en suis pas sûr, parce qu'il ne s'est pas présenté. On avait l'impression qu'il était là chez lui. On était assis sur le canapé de la cuisine, Mme Hertl et moi. Mitzi et le jeune homme en face de nous. Il était très brun, et c'est lui qui a parlé tout le temps. Mitzi était assise à côté de lui et elle n'a presque rien dit. Il a raconté que Kathie était restée deux jours chez eux. "Jusqu'au samedi soir. Après, elle est partie. Elle a dit qu'elle voulait aller chez une parente à Pasing. Elle a bien dit Pasing, non ?" Il a donné un coup de coude à Mitzi, qui a hoché la tête et a dit : "Oui, à Pasing. C'est ce qu'elle a dit."

Mme Hertl avait du mal à y croire, elles n'ont personne à Pasing chez qui Kathie aurait pu aller. "Il y a seulement des Hertl à Denning. Pas à Pasing. Vous êtes sûrs que Kathie a dit Pasing ?"

Les deux jeunes gens ont commencé à discuter entre eux, avant d'admettre qu'il pouvait aussi s'agir de Denning. Mais ils ne pouvaient rien affirmer. Ensuite, Mitzi n'a de nouveau plus dit un mot.

Mme Hertl a dit qu'elle avait l'adresse des Hertl de Denning dans son sac à main, mais est-ce que Mitzi ou lui ne pouvaient pas lui en dire plus sur sa fille ? Qui est-ce qu'elle avait vu, où est-ce qu'elle était allée ? Elle était restée deux jours chez eux, elle leur avait bien raconté quelque chose. "Ou vous avez peut-être vu Kathie avec quelqu'un ?" Peut-être qu'ils pourraient lui donner un nom ou une adresse qui l'aiderait dans ses recherches.

Ils l'ont vu flirter, avec un chauffeur. Elle avait l'air folle de lui. D'après ce qu'il a vu, raconte le brun, Kathie avait quelque chose avec lui. "C'est sûr que ce serait dommage qu'elle soit tombée en de mauvaises mains. C'est une belle fille, et il y en a plus d'une qui a mal fini."

Mme Hertl a demandé à Mitzi si Kathie ne pouvait pas être chez ce chauffeur, si elle ne pouvait pas lui donner un nom et une adresse. Elle l'a suppliée de l'aider à trouver sa fille. Mitzi Zimmermann a lâché un juron : "Bon Dieu, mais j'en sais rien moi !"

Mme Hertl n'a pas cédé, elle a continué à poser des questions. Peut-être que Kathie lui en avait dit davantage, pendant les deux jours qu'elle avait passés chez eux, et que ça ne leur était pas encore revenu. Elle les a priés de faire un effort. Elle était très inquiète pour sa fille.

"Non, y a plus rien à dire. Kathie n'est pas restée longtemps ici, et elle nous a rien raconté. Je lui ai pas posé de questions non plus. Je peux pas vous aider." Mais son petit sac à main noir, elle l'avait laissé là, ça venait juste de lui revenir, et Mitzi Zimmermann s'est levée pour aller dans l'autre pièce. Ses affaires étaient sur le bord de la fenêtre, là où Kathie les avait laissées.

Mitzi a donné le sac à main à Mme Hertl. Celle-ci l'a aussitôt ouvert pour regarder à l'intérieur. Elle était tout étonnée d'y trouver la ceinture de Kathie. Celle qui allait avec sa robe. A part la ceinture, il y avait quelques morceaux de papier dans le sac, mais rien qui aurait pu nous aider.

En partant, Mme Hertl s'est une nouvelle fois tournée vers Mitzi et lui a enjoint d'aller trouver Mme Lederer si Kathie, sa petite fille, revenait. Elle y recevrait de l'argent pour rentrer à la maison. Elle s'en était occupée. Surtout, qu'elle n'oublie pas. Elle devait dire à Kathie de rentrer à la maison.

De Mariahilfplatz, on est allés jusqu'à l'arrêt de tramway de Ludwigstraße. La pauvre femme était vraiment abattue. Elle me faisait de la peine, je ne savais pas quoi faire, comment j'aurais pu la consoler. En chemin, elle m'a dit qu'elle avait appris que sa fille allait dans un café. Quelqu'un de Wolnzach l'avait vue. Le nom du café, c'était Soller, et elle aimerait bien aller voir là-bas aussi. Elle ne voudrait négliger aucune piste. Elle m'a demandé si je savais où c'était, et si j'y étais déjà allé.

Alors je l'ai accompagnée chez Soller. Avant ça, on est encore passés à la brasserie Metzgerbräu. Là aussi, pour chercher Kathie. Mais elle n'y était pas, et il n'y avait personne qui aurait pu nous aider.

Chez Soller non plus on n'a trouvé personne. Personne n'avait vu Kathie.

Ne sachant plus où la chercher, on est allés au Grüner Hof.

Mme Hertl y avait laissé ses bagages et on a déposé la valise de sa fille, qu'on avait emportée partout avec nous. On y a également laissé le parapluie et le sac à main. Puis on est allés à la gare.

Selon Mme Hertl, cet habitant de Wolnzach avait vu Kathie à la gare le samedi précédent. Elle avait attendu tous les trains venant de Wolnzach. Kathie avait dû y passer presque toute la journée, car il l'avait vue quand il était descendu du train, et le soir, quand il était rentré, elle était toujours là.

En allant à la gare, Mme Hertl m'a dit qu'elle aurait encore quelques courses à faire à Munich. Est-ce que je ne pourrais pas l'accompagner ? Elle n'avait aucune envie de rester seule. Alors je suis allé avec elle.

Depuis la gare, je l'ai accompagnée Paul-Heyse Straße. Mme Hertl est entrée dans un magasin d'articles textiles. Le nom de la boutique : Hofmann. Pour acheter des étoffes. Je l'ai attendue dehors. Elle m'a rejoint au bout d'une demi-heure environ et elle m'a dit que la dame de la boutique lui avait raconté que Kathie était venue la voir, et qu'elle supposait qu'elle avait pris un emploi chez un avocat. C'est elle-même, Mme Hofmann, qui lui avait donné l'adresse, la femme de l'avocat était une de ses bonnes clientes. Elle était sûre qu'il s'agissait bien de Kathie. Ça faisait des années que la famille Hertl venait acheter ses étoffes chez elle, et la jeune fille avait dit son nom. Ça lui avait donné de l'espoir, et Mme Hofmann avait eu l'amabilité de téléphoner à l'avocat pour demander des nouvelles de Kathie. Mais elle ne s'était jamais présentée chez lui.

Je suis retourné au Grüner Hof avec Mme Hertl. On a laissé les tissus qu'elle avait achetés avec le reste de ses bagages. Puis je l'ai encore accompagnée au poste de police. Elle a déclaré la disparition de Kathie.

Je ne peux rien dire de plus. J'ai rapporté tout ce dont je me souvenais.

*

Plus tard, la passante déclarera à la police que la jeune fille se tenait dos à la grille du parc. Qu'elle regardait en direction de la Sonnenstraße. Elle-même était à l'arrêt de tramway. Elle ne l'avait pas remarquée tout de suite. C'est en entendant la voix de la jeune fille qu'elle lui avait prêté attention.

"Ça fait seulement une semaine que je suis à Munich."

La jeune fille était petite, un peu ronde. Seize ans, ou peut-être dix-huit, elle portait un manteau vert. Ce manteau, la passante le reconnaîtra immédiatement au poste de police.

"Non, je viens pas. J'ai pas envie."

Le chapeau de la jeune fille, plutôt un bonnet, dégageait complètement son visage. Il y avait quelque chose de clair autour du chapeau. Peut-être un ruban.

Elle ne pouvait pas bien voir avec la lumière du réverbère, puisque le couple n'était pas dans le rai de lumière. Plus tard, elle dira qu'il y avait quelque chose de clair autour du visage de la jeune fille. Mais elle ne pourra pas affirmer que le chapeau qu'on lui montrait était bien celui que portait la jeune fille.

"Je suis pas d'ici. Je connais pas du tout la ville."

L'homme s'était un peu penché vers la jeune fille et lui parlait à voix basse, inaudible pour les gens qui se trouvaient autour d'eux. On remarquait juste qu'il parlait à sa façon de se tenir, de bouger.

Sa curiosité attisée, la passante avait observé le couple. L'homme avait environ vingt-cinq ans, peut-être moins. Elle dira plus tard de lui : "Il était vêtu comme un chauffeur, avec une culotte courte, des chaussettes sombres et une veste en cuir. Comme celles que portent les chauffeurs."

La jeune fille aussi avait baissé la voix. La passante a encore entendu un bref éclat de rire. Puis le tramway est arrivé et elle est montée. En montant, elle s'est retournée pour regarder le couple.

La jeune fille avait pris le bras du jeune homme. Ils sont partis d'un bon pas en direction des jardins de l'hôpital. La passante les a suivis des yeux jusqu'à ce qu'ils aient disparu.

(Suite de l'interrogatoire de Josef Kalteis.)

— *Ce que j'aime faire ? Me promener à vélo. Je regarde le paysage, et les femmes, bien sûr.*

— *J'aime regarder les bonnes femmes. Je serais pas vraiment un homme, si ça m'intéressait pas.*

— Quand ça fait longtemps que je suis pas sorti, j'en peux plus. Il faut que je sorte, que j'aille marcher ou, mieux, que je parte à vélo. Je suis tout agité. Je me sens à l'étroit, faut que je sorte.

— Je roule à vélo et je regarde les bonnes femmes. J'aime surtout les brunes, les racées. Et quand elles ont un bon gros cul. Faut pas qu'elles soient trop minces. Les maigres, elles me plaisent pas. Faut qu'elles aient des formes. Des seins, mais surtout un beau cul. Qu'on ait quelque chose dans la main.

— Tu roules, et y a plein de bonnes femmes sur leur vélo. Elles ont toujours la jupe qui remonte. Tu vois leurs dessous. Ça me plaît, et puis c'est pas bien méchant. Elles le font exprès. Elles font exprès de s'habiller comme ça pour faire du vélo, pour que leurs jupes remontent et que tout le monde puisse voir leur culotte. Ça et leurs cuisses qui frottent l'une contre l'autre, ça me rend dingue. Mais c'est ce qu'elles veulent. Croyez-moi, elles veulent qu'on les empoigne. Ça leur plaît, aux femmes, c'est ce qu'elles veulent.

— Parfois, j'en suis une à vélo. Je regarde son cul, je le regarde bouger sur la selle, et je me l'imagine assise sur moi. Aller et venir sur moi.

— Les tendresses, moi, ça m'intéresse pas, non, faut qu'elle résiste, qu'elle se débatte. C'est quand il faut que je l'empoigne de toutes mes forces que c'est vraiment bon. Il faut l'empoigner et la tenir fermement. C'est ça qu'elles veulent, les bonnes femmes.

— Ma femme aussi, elle aime ça seulement quand c'est un peu violent. Faut qu'elles aient un peu peur, c'est là que c'est vraiment bon. Vous pouvez me croire.

(Le procureur pose une boîte en carton sur la table, devant Kalteis. Il en sort une photographie.)

— *Je ne connais pas cette jeune fille.*

— *Pourquoi vous me montrez cette photo ? Pourquoi vous posez la photo de cette fille devant moi ? Je l'ai encore jamais vue. Je ne me souviens pas de cette fille.*

— *Comment ça, une femme m'a vu avec cette fille ? C'est bien possible que je l'aie vue une fois. Faites voir la photo. C'est comment son nom, vous dites ? Hertl ? Je ne me souviens pas.*

— *Oui, c'est bien possible que j'aie rencontré à la fête de la Bière une jeune fille qui lui ressemble. Comment c'est, son prénom ? Kathie ?*

— *On rencontre toujours des jeunes filles à la fête de la Bière. C'est bien possible que j'aie rencontré une Kathie un jour.*

— *J'admets que je connaissais cette jeune fille. Que je l'ai rencontrée à la fête de la Bière.*

— *Elle était près des chaises volantes. Elle m'a souri. Je lui plaisais, apparemment. Alors je suis allé vers elle et je lui ai parlé. On a fait ensemble un tour de manège et on est allés dans le train fantôme. Dans le train fantôme, j'ai mis mon bras autour d'elle. Elle avait rien contre. Elle était tout de suite d'accord, elle était vraiment docile. C'est l'impression qu'elle m'a donnée, elle était vraiment excitante. Au bout d'un moment je lui ai demandé si elle aimait la nature, si elle voulait m'accompagner à la campagne.*

— *Je ne sais plus exacement quand c'était. Je crois qu'il faisait encore clair quand je lui ai demandé. Je ne me souviens plus.*

— *On a quitté la fête et on est allés se promener.*
On a marché en ville. Je connais pas le nom de tou-
tes les rues et je ne me souviens plus très bien, on
est allés à Thalkirchen.

— *Pendant qu'on se promenait, elle a voulu m'em-*
brasser. Franchement, moi, ça m'intéresse pas
d'embrasser les filles. Ça me fait rien. Ça m'a jamais
intéressé, mais je l'ai fait quand même, parce que
je voulais l'attraper.

— *Je voulais coucher avec elle, c'est pour ça qu'on*
a quitté Munich.

— *C'est pas bien méchant. De rencontrer une fille*
à la fête de la Bière et d'aller coucher avec elle.
Qu'est-ce que ça peut faire ?

Elle savait bien ce que je lui voulais, sinon elle serait
pas venue. On s'est encore embrassés un peu, puis-
qu'elle le voulait. Oui, je l'ai empoignée un peu
brutalement. J'aime ça et ça lui plaisait à elle aussi.

— *C'est ce qui fait l'intérêt de la chose, pour moi*
il faut que ça soit un peu brutal, un peu violent.
Que la fille résiste, qu'elle se défende…

— *Oui, ça lui a plu, elle était d'accord. Pour bai-*
ser. Après, j'ai dû la ramener à Munich. Qu'est-ce
que j'aurais pu faire d'autre avec elle.

(Le procureur pose devant Kalteis des articles de
journaux relatant le meurtre de Katharina Hertl. Des
coupures de journaux qui ont été trouvées dans
l'appartement du suspect.)

— *Et alors ? Je les ai uniquement gardés parce que*
je connaissais la fille. Et puis le lendemain, on apprend

qu'elle est morte. Et ben on les garde, c'est tout naturel.
Tout le monde ferait pareil, vous aussi, non ?
— Pourquoi je me suis pas signalé ? Mais j'en sais
rien, moi. J'ai eu peur que vous me fassiez porter le
chapeau.

(Le procureur pose devant Kalteis un morceau de chair momifiée. On l'a trouvé, avec les articles de journaux et d'autres objets, dans un vieux poêle dans le grenier du suspect.)

— Qu'est-ce qu'il y a ? Qu'est-ce que c'est que ça ?
— Je ne vois pas ce que c'est.

(Le procureur explique à Kalteis que d'après les analyses médicolégales, il s'agit d'un fragment de vulve et de poils pubiens. Le rapport du médecin légiste indique que ces tissus momifiés, entre autres éléments trouvés, proviennent de la morte. En outre, les empreintes digitales de Kalteis ont été retrouvées sur le flacon qui contenait la pièce à conviction.)

— Où est-ce que vous avez trouvé ça ? Qu'est-ce
que ça signifie ?

(Kalteis regarde les pièces à conviction d'un air incrédule. Le procureur lui décrit l'endroit exact où on les a trouvées, un vieux poêle hors d'usage dans le grenier de l'appartement de Kalteis. Le procureur demande à Kalteis pour quelle raison il a découpé la vulve de la jeune fille alors qu'elle était encore vivante.)

— *C'est pas vrai ! C'est un mensonge ! Elle était morte ! Morte ! Vous m'entendez, elle était morte !*

— *Dites, vous m'aiderez, si je vous dis tout ? Vous m'aiderez ? C'était pas moi, c'est cette pulsion en moi. Je peux rien faire, ça me prend, et il faut que je sorte, il faut que je cherche... je peux pas m'en empêcher. Vous m'aiderez ?*

— *J'étais dans la nature avec la fille. Elle m'a embrassé. Moi, ça me fait rien.*

— *Je sentais rien. Je suis allé avec elle jusqu'à un endroit où on serait pas dérangés. Il y a plein de collines là-bas, et plein d'endroits isolés.*

— *Alors je suis parti avec elle. Et je l'ai tout de suite empoignée violemment. Je lui ai arraché sa culotte. Je l'ai jetée par terre et je lui ai arraché sa culotte. Je la tenais par le cou avec une main.*

— *Elle se défendait, mais c'est ce qu'elle voulait, sinon elle serait pas venue avec moi.*

— *Je me souviens juste que je l'ai jetée par terre et que je le lui ai enfoncé.*

— *Après elle bougeait plus. Elle bougeait plus. Elle était couchée là et elle bougeait plus. J'avais peut-être serré sa gorge trop fort. Elle bougeait plus.*

— *C'est la première qui m'a claqué entre les doigts. J'étais pas dans mon état normal quand je l'ai empoignée. C'est juste après avoir éjaculé que j'ai remarqué qu'elle bougeait plus. Je tremblais de partout parce qu'elle m'avait claqué entre les doigts, qu'elle bougeait plus. J'étais dans une rage telle, elle s'était vraiment débattue, ça m'avait vraiment excité, j'étais hors de moi. C'était vraiment bon...*

— *Ce qui s'est passé après, je ne m'en souviens plus. Je ne m'en souviens plus. Je voulais l'enlever de là. Pour que personne la trouve. L'enlever de là.*

— *Je l'ai tirée jusqu'au bras mort de la rivière. Il y avait un bras mort. Je lui ai attaché les mains et les pieds. C'est là que je l'ai jetée dans l'eau. Pour qu'elle remonte pas, je lui ai aussi attaché une grosse pierre. Et puis je suis rentré à Munich. Ce que j'ai fait ensuite, je ne m'en souviens plus.*

— *Où j'avais pris le fil de fer ? Je l'avais dans ma poche. Pourquoi ? Je ne sais plus.*

— *Après, j'ai eu un sentiment bizarre. Comme un picotement. J'arrivais plus à me calmer. Ce que j'ai encore fait avec elle avant de la jeter dans l'eau ? Je ne sais plus.*

— *Je sais juste que j'étais complètement agité. J'avais un peu honte. Parce qu'elle m'avait claqué entre les doigts, mais bientôt, j'ai voulu que ça revienne. Que cette sensation revienne.*

— *J'avais toujours une sensation bizarre après, et je voulais toujours la retrouver. C'est pour ça que je lui ai coupé l'entrecuisse et que je l'ai emporté, parce que je voulais retrouver cette sensation.*

— *Je voulais toujours la retrouver, c'était comme une ivresse, j'étais plus moi-même, j'avais toujours honte après mais au bout d'un moment c'était oublié, et je repartais. Comme un animal sauvage, c'était la pulsion, je repartais en chasse… chaque fois.*

L'auteur a eu recours aux sources suivantes :

Michael Farin (sous la direction de), *Polizeireport München 1799-1999*, le catalogue de l'exposition du même nom au musée de la Ville de Munich, Munich, 1999, p. 294-310.

Vernehmungsprotokolle der Polizeidirektion München aus den Jahren 1930-1939, Stadtsarchiv München (Procès-verbaux des interrogatoires de la police de Munich entre 1930 et 1939, archives de la Ville de Munich).

Georg Ernst, *Der Fall Eichhorn. Ein weiterer Beitrag zur Kenntnis des Doppellebens schwerster Sittlichkeitsverbrecher*, thèse de médecine, Munich, 1942.

Kathrin Kompisch et Frank Otto, *Die Bestien des Boulevards. Die Deutschen und ihre Serienmörder*, Leipzig, 2003.